天国の犬ものがたり

～ゆめのつづき～

藤咲あゆな／著
堀田敦子／原作　環方このみ／イラスト

JN132874

★小学館ジュニア文庫★

目次

ゆめのつづき

1．ゆめのつづき

保健所《ほけんじょ》に二匹《にひき》のかわいい子犬《こいぬ》がいます。
二匹《にひき》は兄弟《きょうだい》です。
二匹《にひき》は生《う》まれてすぐに飼《か》い主《ぬし》に捨《す》てられ、保健所《ほけんじょ》に連《つ》れてこられました。
薄暗《うすぐら》く、冷《つめ》たい檻《おり》の中《なか》でも、二匹《にひき》はさみしくありませんでした。
生《う》まれてからずっと、兄弟一緒《きょうだいいっしょ》だったからです。

『ねえ、お兄《にい》ちゃん。大《おお》きくなったら、なにになりたい？』
ある晩《ばん》、弟《おとうと》の子犬《こいぬ》が兄《あに》の子犬《こいぬ》にききました。
すると、兄《あに》の子犬《こいぬ》はキラキラした瞳《ひとみ》で、こう言《い》いました。

『ぼくはひとの役《やく》に立《た》つ犬《いぬ》になりたいな。警察犬《けいさつけん》になって、悪《わる》いやつをつかまえるんだ』
『ぼくもなる！　お兄《にい》ちゃん、ぼくもがんばるよ！』

弟《おとうと》の子犬《こいぬ》も、瞳《ひとみ》を輝《かがや》かせました。
警察犬《けいさつけん》はかっこよくて、とてもすてきなお仕事《しごと》です。
『よし、一緒《いっしょ》にがんばろうな』
『うん！　お兄《にい》ちゃん』
二匹《にひき》は毎日《まいにち》、こんなふうに夢《ゆめ》の話《はなし》をしていました。

ある日《ひ》、二匹《にひき》のもらい手《て》が見《み》つかりました。
『わあ、ぼくたち、ここから出《で》られるんだね』
『一生懸命《いっしょうけんめい》がんばって、ひとの役《やく》に立《た》つ立派《りっぱ》な犬《いぬ》になろうな』
二匹《にひき》はこうして老夫婦《ろうふうふ》にもらわれていきました。

おじいさんもおばあさんもとてもやさしくて、二匹《にひき》は毎日《まいにち》しあわせに暮《く》らしました。
それから、しばらくした、ある夜《よる》のこと。
庭《にわ》から窓《まど》を開《あ》けて、誰《だれ》かがこっそり家《いえ》の中《なか》に入《はい》ってきました。
その誰《だれ》かは音《おと》を立《た》てないようにタンスを開《あ》けて、ごそごそと中《なか》をあさりはじめました。
ドロボウです！
『大変《たいへん》だ！』
『ドロボウだ！』
わんわんわん！
目《め》を覚《さ》ました二匹《にひき》は力《ちから》いっぱい吠《ほ》えて、ドロボウに立《た》ち向《む》かいました。
「うわあ！」
こりゃたまらん、とドロボウは転《ころ》げるように外《そと》に逃《に》げ出《だ》します。
『待《ま》て！』

『絶対《ぜったい》に逃《に》がさないぞ！』
二匹《にひき》も夜《よる》の町《まち》に飛《と》び出《だ》し、ドロボウを追《お》いかけました。
けれど、ドロボウの足《あし》は速《はや》く……。
途中《とちゅう》で、見失《みうしな》ってしまいました。
でも、大丈夫《だいじょうぶ》！
二匹《にひき》はとても鼻《はな》がきくのです。
『どっちへ行《い》った？』
『絶対《ぜったい》に見《み》つけてみせるぞ』
くんくんくん。
二匹《にひき》は地面《じめん》に鼻《はな》をつけて匂《にお》いをかぎ、ドロボウが逃《に》げた方向《ほうこう》をつきとめました。
『あっちだ、行《い》くぞ』
『うん！　お兄《にい》ちゃん、絶対《ぜったい》につかまえようね』
二匹《にひき》は匂《にお》いをたよりに、また町《まち》を走《はし》り――。

ついにドロボウを見《み》つけました。

ドロボウは塀《へい》を乗《の》り越《こ》えて、また別《べつ》の家《いえ》に入《はい》ろうとしていたところでした。

『こいつめ！』

『もう逃《に》げられないぞ』

わんわんわん！

二匹《にひき》はドロボウに飛《と》びかかりました。

こうして二匹《にひき》は見事《みごと》にドロボウをつかまえたのです。


「ありがとう、ありがとう。よくやってくれた」

「二匹《にひき》ともとても勇敢《ゆうかん》だったわね」

おじいさんとおばあさんは泣《な》きながら、二匹《にひき》を抱《だ》きしめてくれました。

近所《きんじょ》のひとたちや警察官《けいさつかん》も、二匹《にひき》の活躍《かつやく》をほめてくれました。

「ドロボウをつかまえるなんて、すごいね」

「君《きみ》たちはとても勇気《ゆうき》があるんだね」

「将来《しょうらい》は警察犬《けいさつけん》になるといいよ」

「そうだね。君《きみ》たちなら、きっとなれるよ」

あたたかくて、うれしい言葉《ことば》が二匹《にひき》にふりそそぎました。

たくさん、たくさん、たくさん……。

『みんなよろこんでくれてよかった』

『お兄《にい》ちゃん、これからもがんばろうね』


でも、それは——夢《ゆめ》でした。

ここは保健所《ほけんじょ》です。

二匹《にひき》はしあわせな夢《ゆめ》を見《み》ながら、ひとつぶ涙《なみだ》をこぼして、うれしそうに笑《わら》って。

兄弟仲良《きょうだいなかよ》く、天国《てんごく》に行《い》きました。

朗読《ろうどく》を終《お》えた若《わか》い女《おんな》の先生《せんせい》が、パタンと絵本《えほん》を閉《と》じました。

「みなさんは、このお話《はなし》をどう思《おも》いますか？」

表紙《ひょうし》に書《か》かれたタイトルは『ゆめのつづき』です。

それを見《み》つめる未緒《みお》ちゃんの目《め》には、涙《なみだ》がいっぱいたまっていました。

「かわいそう……」

「子犬《こいぬ》を捨《す》てた人《ひと》が許《ゆる》せない」

未緒《みお》ちゃんの後《うし》ろの席《せき》のメガネの男子《だんし》は悔《くや》しそうに拳《こぶし》を固《かた》めています。

「助《たす》けてあげたい！」

別《べつ》の男子《だんし》が声《こえ》を上《あ》げると、隣《となり》の席《せき》の女子《じょし》も「うん」とうなずきました。

ひと通《とお》り意見《いけん》が出《で》たところで、先生《せんせい》は絵本《えほん》を抱《だ》きしめるように抱《かか》え直《なお》し、悲《かな》しみをたたえた目《め》をして、みんなを見《み》ました。

「犬《いぬ》も人間《にんげん》も同《おな》じ尊《とうと》い命《いのち》です。毎日《まいにち》、多《おお》くの犬《いぬ》や猫《ねこ》たちが天国《てんごく》へ旅立《たびだ》っています。悲《かな》しいことですが現実《げんじつ》です。私《わたし》たち人間《にんげん》になにができるのか考《かんが》えてみましょう」

こう、先生《せんせい》が提案《ていあん》したところで、キーンコーン……とチャイムの音《おと》が響《ひび》きました。

「今日《きょう》の授業《じゅぎょう》は終《お》わりです。みなさん、気《き》をつけて帰《かえ》ってください」

(早《はや》く行《い》かなきゃ！)

帰《かえ》りのあいさつがすんだとたん、未緒《みお》ちゃんは急《いそ》いで教科書《きょうかしょ》や筆記用具《ひっきようぐ》をランドセルにしまい、三年四組《さんねんよんくみ》の教室《きょうしつ》から出《で》ていこうとしました。

けれど、こんなときに限《かぎ》って、

「未緒《みお》ちゃん。図書室《としょしつ》に寄《よ》っていかない？」

と仲良《なかよ》しグループの子《こ》たちが声《こえ》をかけてきたのです。

いつもなら「うん、いいよ」と、うなずく未緒《みお》ちゃんですが、今日《きょう》はとても焦《あせ》っていました。

「ごめん、ちょっと急《いそ》ぐの」

未緒《みお》ちゃんは、たたっと駆《か》け足《あし》で教室《きょうしつ》を飛《と》び出《だ》し、昇降口《しょうこうぐち》へと向《む》かったのです。

大《おお》きなビルやマンションの建《た》ち並《なら》ぶ街《まち》の中心部《ちゅうしんぶ》から外《はず》れた住宅街《じゅうたくがい》に、その公園《こうえん》はありました。

「はあ、はあ、はあ、はあ……」

息《いき》を切《き》らせて公園《こうえん》に着《つ》くと、未緒《みお》ちゃんはきょろきょろしながら歩《ある》きまわりました。

この公園《こうえん》はひとけがなく、ひっそりとしています。

「ノラ、ノラー？」

すると、公園《こうえん》を囲《かこ》う塀《へい》に沿《そ》って植《う》えられた低《ひく》い繁《しげ》みの中《なか》から、がさ、と音《おと》がして、茶色《ちゃいろ》いなにかが、ひょこ、と顔《かお》を出《だ》しました。

「ノラ!!」

それは、かわいい子犬《こいぬ》でした。

茶色《ちゃいろ》でふわふわの毛皮《けがわ》に覆《おお》われていて、太《ふと》い尻尾《しっぽ》がくるんと巻《ま》いています。

子犬《こいぬ》――ノラは未緒《みお》ちゃんを見《み》つけると、はっはっはっと息《いき》を吐《は》きながら、うれしそうに尻尾《しっぽ》を振《ふ》りました。

未緒《みお》ちゃんはノラに近寄《ちかよ》り、両手《りょうて》で抱《だ》き上《あ》げました。

ノラは軽《かる》くて、ふわふわで、あったかくて。

未緒《みお》ちゃんは、ホッとして小《ちい》さな頭《あたま》を撫《な》でました。

「ノラ……よかったあ。私《わたし》が学校《がっこう》にいる間《あいだ》に、誰《だれ》かに連《つ》れ去《さ》られたりしてないかって、授《じゅ》業中《ぎょうちゅう》もずっと気《き》が気《き》じゃなかったんだよ」

子犬《こいぬ》の面倒《めんどう》を見《み》るようになったのは、今週《こんしゅう》の月曜《げつよう》のことでした。

学校《がっこう》の帰《かえ》りにこの公園《こうえん》を突《つ》っ切《き》ろうとしたとき、偶然《ぐうぜん》、見《み》つけたのです。

「わあ、かわいいワンちゃん！　でも、首輪《くびわ》がない……？」

未緒《みお》ちゃんは子犬《こいぬ》を抱《かか》えて、公園内《こうえんない》をあちこち歩《ある》いてまわりましたが、飼《か》い主《ぬし》らしい人《ひと》も母犬《ははいぬ》らしい犬《いぬ》も見《み》かけませんでした。子犬《こいぬ》がたくさん産《う》まれたので飼《か》えなくなった人《ひと》が困《こま》って、この公園《こうえん》に捨《す》てていったのかもしれません。

けれど、かわいそうだからといって、家《いえ》に連《つ》れ帰《かえ》ることはできず……。

未緒《みお》ちゃん家《ち》は一軒家《いっけんや》なので飼《か》おうと思《おも》えば飼《か》えるのですが、未緒《みお》ちゃんひとりの判断《はんだん》で飼《か》えるわけはありません。

未緒《みお》ちゃんはまだ子《こ》どもなので、パパとママの承諾《しょうだく》を得《え》なくてはいけないからです。

（どうしよう……）

考《かんが》えているうちに、夕暮《ゆうぐ》れが迫《せま》り――……。

未緒《みお》ちゃんは仕方《しかた》なく子犬《こいぬ》を繁《しげ》みの下《した》にそっと放《はな》し、

「ここでじっとしているんだよ。誰《だれ》にも見《み》つからないようにね」

と言《い》って、帰《かえ》りました。

（ママにどうやって話《はな》そう……）

と悩《なや》みながら、帰宅《きたく》したとたん、未緒《みお》ちゃんはいきなりママに怒《おこ》られました。

「未緒《みお》ちゃん！　帰《かえ》りが遅《おそ》いから心配《しんぱい》したのよ？　お友《とも》だちの家《いえ》にでも寄《よ》ったの？」

「えっと……公園《こうえん》に」

「公園《こうえん》？」

「うん。公園《こうえん》を突《つ》っ切《き》ろうとしたら子犬《こいぬ》がいて。かわいくて、つい」

「あら、どんな犬《いぬ》？」

「茶色《ちゃいろ》でね、ふわふわで尻尾《しっぽ》が太《ふと》くて、くるんとしてるんだ」

「まあ、それはかわいいわね」

ママがそう言《い》ったので未緒《みお》ちゃんは、

（ひょっとしたら、ひょっとして？）

と期待《きたい》を抱《いだ》き、思《おも》い切《き》って訊《き》いてみました。

「うん、とってもかわいいの！　ママ、うちで飼《か》ってもいい？」

けれど、次《つぎ》の瞬間《しゅんかん》、ママはたちまち怪訝《けげん》な顔《かお》になりました。

「え……？　お散歩中《さんぽちゅう》のわんちゃんの話《はなし》じゃなかったの？」

どうやら、ママは未緒《みお》ちゃんが、どこかの誰《だれ》かが飼《か》っているわんちゃんと公園《こうえん》で会《あ》った話《はなし》をしたのだと思《おも》ったようです。

「……うん。捨《す》てられたみたい。首輪《くびわ》、なかったし」

「まあ……かわいそうね。こういう場合《ばあい》は警察《けいさつ》に言《い》えばいいのかしら」

「え？　警察《けいさつ》？」

「そう。落《お》とし物《もの》として扱《あつか》って、飼《か》い主《ぬし》を探《さが》してくれるかもしれないわよ？」

「本当《ほんとう》に……？」

未緒《みお》ちゃんが不安《ふあん》げな瞳《ひとみ》でママを見上《みあ》げると、ママは少《すこ》し考《かんが》えるように「うーん……」と首《くび》をひねってから、こう言《い》いました。

「……あ、でも、今頃《いまごろ》、誰《だれ》かが拾《ひろ》っているか、警察《けいさつ》かどこか保護《ほご》してくれるところに連《つ》れて行《い》ってるかもしれないわね。未緒《みお》ちゃんが見《み》つけたくらいだから、きっと、他《ほか》にもその子犬《こいぬ》を見《み》かけたり、なでたりした人《ひと》がいるわよ」

そう言《い》われると、そういう気《き》もしてきたので、

「うん……そうだね」

と、未緒《みお》ちゃんはうなずきました。

けれど、心《こころ》の中《なか》はモヤモヤして、すっきりしません。

そんな未緒《みお》ちゃんに、ママはお手伝《てつだ》いを頼《たの》みました。

「さ、お夕飯《ゆうはん》の前《まえ》に洗濯物《せんたくもの》を取《と》り込《こ》まないと。手伝《てつだ》ってくれる？」

――とまあ、こういう感《かん》じで月曜日《げつようび》は、うやむやになってしまい……。

子犬《こいぬ》のことが気《き》になって仕方《しかた》のない未緒《みお》ちゃんは、翌日《よくじつ》もまた、学校《がっこう》の帰《かえ》りに公園《こうえん》に寄《よ》りました。

「……わんちゃん、いる？」

「わん！」

繁《しげ》みの中《なか》から返事《へんじ》がして、子犬《こいぬ》がひょこっと顔《かお》を出《だ》しました。

「給食《きゅうしょく》のパンを持《も》ってきたよ。一緒《いっしょ》に食《た》べよう」

未緒《みお》ちゃんはしゃがんで給食袋《きゅうしょくぶくろ》の中《なか》からパンを取《と》りだし、小《ちい》さくちぎって子犬《こいぬ》の鼻先《はなさき》に差《さ》しだしました。

子犬《こいぬ》はくんくんと匂《にお》いを嗅《か》いでから、パンのかけらを食《た》べます。

かわいらしい様子《ようす》を見《み》ながら、未緒《みお》ちゃんは子犬《こいぬ》に「名前《なまえ》をつけよう」と思《おも》いました。

「パンが好《す》きだからパン？　茶色《ちゃいろ》だからココア、チョコ……？　って、食《た》べ物《もの》ばっかり。名前《なまえ》をつけるのって難《むずか》しいなあ……」

いろいろ考《かんが》えてから、未緒《みお》ちゃんは「そうだ！」と顔《かお》を上《あ》げました。

「カタカナで〝ノラ〟はどう？」

野良犬《のらいぬ》の野良《のら》から取《と》ったのですが、カタカナにすると「なかなかカッコイイんじゃない？」と未緒《みお》ちゃんは思《おも》いました。

「ねえ、ノラ。あれから誰《だれ》かに会《あ》った？　飼《か》ってくれそうな人《ひと》、とか……」

未緒《みお》ちゃんは言《い》いながら、昨日《きのう》のママの言葉《ことば》を思《おも》い出《だ》しました。

――今頃《いまごろ》、誰《だれ》かが拾《ひろ》っているか、警察《けいさつ》かどこか保護《ほご》してくれるところに連《つ》れて行《い》ってるかもしれないわね。

ですが、ノラは今日《きょう》もここにいたので、ママの言《い》う、その〝誰《だれ》か〟は現《あらわ》れなかったということでしょう。

未緒《みお》ちゃんはなんとなくですが、ママのように、

「自分以外《じぶんいがい》の誰《だれ》かが、きっとどうにかしてくれる」

と思《おも》って行動《こうどう》を起《お》こさない大人《おとな》が、世《よ》の中《なか》にはたくさんいるのだろうと思《おも》いました。

子犬《こいぬ》を拾《ひろ》うのは、ぬいぐるみを拾《ひろ》うのとはわけが違《ちが》いますので、命《いのち》に対《たい》して責任《せきにん》を持《も》てるかどうか、を考《かんが》えて、まず躊躇《ちゅうちょ》してしまうのでしょう。

そして、近《ちか》いうちに「その〝誰《だれ》か〟が現《あらわ》れるに違《ちが》いない」と、楽観的《らっかんてき》に思《おも》いつつ、毎日《まいにち》、様子《ようす》を見《み》にいっていたのですが……。

金曜日《きんようび》の今日《きょう》、未緒《みお》ちゃんは先生《せんせい》が読《よ》んでくれた『ゆめのつづき』で、野良犬《のらいぬ》を見《み》かけた人《ひと》が、どこに連絡《れんらく》をするのか知《し》りました。

そう、保健所《ほけんじょ》です。

あの絵本《えほん》の作者《さくしゃ》はきっと保健所《ほけんじょ》に収容《しゅうよう》された犬《いぬ》たちの運命《うんめい》に心《こころ》を痛《いた》めて、ひとりでも多《おお》くの人《ひと》に知《し》ってほしい、と思《おも》って書《か》いたのでしょう。

(このままじゃ、ノラは保健所《ほけんじょ》に連《つ》れて行《い》かれちゃう)

そうなれば、いずれ殺処分《さつしょぶん》されてしまいます。

ノラの命《いのち》を守《まも》りたいと未緒《みお》ちゃんは強《つよ》く思《おも》いました。

「ノラには私《わたし》がついてる！　絶対《ぜったい》に、保健所《ほけんじょ》には行《い》かせないよ！」

——と、そのとき。

「コロー」

「りゅうー」

と誰《だれ》かを呼《よ》ぶ声《こえ》が遠《とお》くから聞《き》こえてきました。

ノラを腕《うで》の中《なか》に抱《かか》えた未緒《みお》ちゃんがそちらを見《み》ると、同《おな》じクラスの子《こ》たちが繁《しげ》みの向《む》こうから顔《かお》を出《だ》しました。

春奈《はるな》ちゃんと健《けん》くんと直樹《なおき》くんです。

「えっ……⁉」

「あっ、未緒《みお》ちゃん、と、コロ！」

春奈《はるな》ちゃんが目《め》を丸《まる》くし、

「りゅうだよ。な？　直樹《なおき》」

「うん、僕《ぼく》たちは〝りゅう〟って呼《よ》んでた」

健《けん》くんと直樹《なおき》くんがノラを見《み》て言《い》いました。

みんなそれぞれ、この子犬《こいぬ》のことを知《し》っていて、未緒《みお》ちゃんと同《おな》じように自分《じぶん》だけの名《な》前《まえ》を勝手《かって》につけていたのです。

「なぁんだ。みんなノラのこと知《し》ってたんだね」

「おう」

「って、ノラじゃないよ、りゅうだよ」

「それを言《い》うなら、あたしにとっては、この子《こ》はコロだよ？」

春奈《はるな》ちゃんがムッとした顔《かお》をして、健《けん》くんと直樹《なおき》くんをにらみます。

このままだと険悪《けんあく》な空気《くうき》になってしまうと思《おも》い、未緒《みお》ちゃんはあわてました。

「春奈《はるな》ちゃんたちが見《み》つけたのは、いつ？　いちばん早《はや》く見《み》つけた人《ひと》がつけた名前《なまえ》にしようよ」

「うん、そうしよっか」

三人《さんにん》が賛成《さんせい》し、まず未緒《みお》ちゃんが言《い》いました。

「私《わたし》は今週《こんしゅう》の月曜《げつよう》だけど……春奈《はるな》ちゃんと健《けん》くんは？」

「未緒《みお》ちゃん、月曜《げつよう》なんだ？　あーあ、あたしは水曜日《すいようび》」

「う……おれたちは昨日《きのう》の木曜日《もくようび》」

「なら、私《わたし》がいちばん早《はや》かったってことで、ノラでいいかな？」

「……うん」

「野良犬《のらいぬ》だからノラ？　なんのひねりもねーな」

健《けん》くんがつぶやき、春奈《はるな》ちゃんと直樹《なおき》くんも笑《わら》います。

「あはは、そうだね」

「うん、わかりやすい」

「でも、呼《よ》びやすくていいでしょ？」

未緒《みお》ちゃんは抱《だ》っこしていたノラを地面《じめん》に下《お》ろすと、今日《きょう》も給食袋《きゅうしょくぶくろ》の中《なか》から半分残《はんぶんのこ》しておいたパンを取《と》り出《だ》して、ノラにあげました。

「じゃあ、あたしも」

「おれも」

「僕《ぼく》も家《いえ》から持《も》ってきたんだ」

春奈《はるな》ちゃんもラップに包《つつ》んであったレタスを、健《けん》くんは水筒《すいとう》に入《い》れてきた水《みず》を、直樹《なおき》くんは家《いえ》から持《も》ってきていたハムとチーズを入《い》れた小《ちい》さいタッパーを取《と》り出《だ》し、ノラの前《まえ》に置《お》きました。

「コロ……じゃなかった、ノラのことを知《し》っていたのが、あたしだけじゃなかったのが、ちょっと複雑《ふくざつ》だけど……」

「でも、みんながかわいがっていたのがわかって、私《わたし》はうれしいよ」

「ねえ、やっぱり未緒《みお》ちゃん家《ち》もノラを飼《か》えないの？」

「春奈《はるな》ちゃん家《ち》も？」

「うん、うちはペット禁止《きんし》のマンションなんだ」

するると、健《けん》くんと直樹《なおき》くんも、

「おれン家《ち》は弟《おとうと》がアレルギーでさ」

「僕《ぼく》の家《いえ》はお母《かあ》さんが動物《どうぶつ》が苦手《にがて》なんだ。前《まえ》に妹《いもうと》が猫《ねこ》を飼《か》いたいって言《い》い出《だ》したときも絶《ぜっ》対《たい》に許《ゆる》してくれなかった」

と沈《しず》んだ顔《かお》で言《い》いました。

家《いえ》の事情《じじょう》はそれぞれですが、どれも自分《じぶん》の力《ちから》ではどうにもならないことで、未緒《みお》ちゃんたちは少《すこ》し落《お》ち込《こ》んでしまいました。

「あたしさ、ずっと、どうしていいかわからなくて。誰《だれ》かが、なんとかしてくれるまで放《ほう》っておくしかないと思《おも》ってたの」

春奈《はるな》ちゃんの言葉《ことば》に、未緒《みお》ちゃんもうなずきます。

「実《じつ》は私《わたし》も……。お母《かあ》さんに言《い》ったら、お母《かあ》さんも〝今頃《いまごろ》、誰《だれ》かが警察《けいさつ》にでも連絡《れんらく》してるわよ〟って」

未緒《みお》ちゃんはため息《いき》をつきました。

「でも、それじゃダメなんだよね……」

他《ほか》の誰《だれ》かがなんとかしてくれるだろう、という気持《きも》ちでは、誰《だれ》かが拾《ひろ》うのを期待《きたい》して子犬《こいぬ》を捨《す》てた人間《にんげん》と変《か》わらないような気《き》がしたからです。

すると、直樹《なおき》くんが言《い》いました。

「あのさ、先生《せんせい》に相談《そうだん》してみる？　あの絵本《えほん》を読《よ》んでくれたし、先生《せんせい》ならどこに連絡《れんらく》したらいいか知《し》ってるかも」

「そうだよ、先生《せんせい》に相談《そうだん》してみようぜ。絶対《ぜったい》、なんとかなるって」

健《けん》くんが真《ま》っ先《さき》に賛成《さんせい》し、

「うん、それがいちばんいいよね」

と、春奈《はるな》ちゃんもうなずきましたが、未緒《みお》ちゃんは、

「それ、最後《さいご》にしない？」

と言《い》いました。

「先生《せんせい》、本《ほん》を読《よ》んでくれたあと、〝私《わたし》たち人間《にんげん》になにができるのか考《かんが》えてみましょう〟って言《い》ってたじゃない？　だから、どうしようもなくなったら相談《そうだん》してみようよ」

この場合《ばあい》、先生《せんせい》に頼《たよ》るのがいちばんいいのでは、と未緒《みお》ちゃんも思《おも》ったのですが、

「その前《まえ》に、自分《じぶん》たちにできることをやってからにしたい」

と思《おも》ったのです。

未緒《みお》ちゃんの熱意《ねつい》が伝《つた》わったのか、

「……うん、そうだね」

「わかった、そうしよう」

と三人《さんにん》がうなずいてくれました。

2. 私《わたし》たちにできること

「……で、どうする？」

方針《ほうしん》が決《き》まったところで、健《けん》くんがみんなの顔《かお》を見《み》ました。

「これから、クラスのみんなの家《いえ》を一軒一軒《いっけんいっけん》まわる……とか？」

と春奈《はるな》ちゃんが言《い》いましたが、それは難《むずか》しい問題《もんだい》でした。

クラスメイトの住所《じゅうしょ》は個人情報保護《こじんじょうほうほご》のため公開《こうかい》されていませんし、どこに住《す》んでいるのかはっきりわからない子《こ》も多《おお》いのです。「あのマンションに住《す》んでいるのは知《し》ってるけど、部屋番号《へやばんごう》まではわからない」という場合《ばあい》がほとんどです。

「明日《あした》、学校《がっこう》のホームルームで訊《き》いてみようか。子犬《こいぬ》を飼《か》ってもいいと思《おも》っている、もしくは子犬《こいぬ》を飼《か》ってくれそうな人《ひと》に心当《こころあ》たりがある人《ひと》はいませんかって」

と直樹《なおき》くんが言《い》うと、健《けん》くんが「えっ」と怪訝《けげん》な顔《かお》になりました。

「それじゃ、明日《あした》までなんもできねーってこと？」

「今《いま》できることは……あ、ネットで探《さが》してみるとか？　誰《だれ》かスマホ持《も》ってる？」

春奈《はるな》ちゃんがみんなを見《み》ましたが、誰《だれ》も持《も》っていませんでした。

「やっぱり、明日《あした》、学校《がっこう》のホームルームで訊《き》くところからはじめる？」

「でも、ノラはどうする？　私《わたし》たちがどうにかするって決《き》めたんだから、もうここに置《お》いていくのは……」

「誰《だれ》かの家《いえ》で預《あず》かるっていうなら、未緒《みお》ちゃん家《ち》しかないよ。さっき、僕《ぼく》たちが来《き》たとき、みんなの家《いえ》の事情《じじょう》を話《はな》しただろ？」

「あ……」

春奈《はるな》ちゃん家《ち》はペット禁止《きんし》のマンションで、健《けん》くんの弟《おとうと》はアレルギー、直樹《なおき》くんのお母《かあ》さんは動物《どうぶつ》が苦手《にがて》……。

消去法《しょうきょほう》でいくと、この四人《よにん》の中《なか》では子犬《こいぬ》を預《あず》かるのは「未緒《みお》ちゃん家《ち》がいちばんいい」ということになるのです。

「でも……たぶん、許《ゆる》してくれないよ」

未緒《みお》ちゃんはこの前《まえ》のお母《かあ》さんの対応《たいおう》を思《おも》い出《だ》し、暗《くら》い気持《きも》ちになりました。

「なんだよ、もう音《ね》を上《あ》げるのかよ」

健《けん》くんが「けっ」とそっぽを向《む》きます。

「さっきは偉《えら》そうに言《い》ったくせにさ。先生《せんせい》に相談《そうだん》するなら、自分《じぶん》たちにできることをやってからにしたいって」

「う……」

みんなの視線《しせん》が未緒《みお》ちゃんに集中《しゅうちゅう》します。

泣《な》きそうになった未緒《みお》ちゃんを見《み》かねて、春奈《はるな》ちゃんがこう言《い》いました。

「みんなで一緒《いっしょ》に未緒《みお》ちゃん家《ち》に行《い》って、未緒《みお》ちゃんのお母《かあ》さんに頼《たの》んでみようよ」

「春奈《はるな》ちゃん……」

健《けん》くんと直樹《なおき》くんも、うなずきました。

「……だな。みんなで行《い》こうぜ」

「うん、僕《ぼく》たちからも未緒《みお》ちゃんのお母《かあ》さんにお願《ねが》いするよ」

こうして、みんなで未緒《みお》ちゃん家《ち》に向《む》かったのですが……。

「あれ？　お母《かあ》さん、いないや。スーパーに買《か》い物《もの》に行《い》ったのかな」

だからと言《い》って、勝手《かって》にノラを家《いえ》の中《なか》に入《い》れるわけにはいきません。

すると、直樹《なおき》くんが、

「ちょっといい？」

と未緒《みお》ちゃんの腕《うで》の中《なか》からノラを奪《うば》って、いきなり隣《となり》の家《いえ》に走《はし》りました。

「直樹《なおき》くん、どうしたの？」

見《み》ている間《あいだ》に、直樹《なおき》くんはチャイムを押《お》しました。

ほどなくして、庭《にわ》のほうから、

「どなた？　あら未緒《みお》ちゃん？　こんにちは」

と、隣《となり》のおばあさんが顔《かお》を出《だ》しました。庭《にわ》の手入《てい》れでもしていたのでしょう。

「こ、こんにちは」

未緒《みお》ちゃんがおずおずとあいさつすると、直樹《なおき》くんが、

「あの、子犬《こいぬ》を飼《か》ってもらえませんか？」

と、おばあさんに言《い》いました。

「ええっ、子犬《こいぬ》を？　あらまあ、いきなり、どうして？」

「実《じつ》は――」

直樹《なおき》くんが簡単《かんたん》に事情《じじょう》を話《はな》すと、おばあさんは困《こま》った顔《かお》になりました。

「私《わたし》は膝《ひざ》を悪《わる》くしていてね、犬《いぬ》の散歩《さんぽ》をするのはたぶん難《むずか》しいの。悪《わる》いけど、よそをあたってちょうだい」

「……わかりました。話《はなし》を聞《き》いてくれて、ありがとうございました」

直樹《なおき》くんは丁寧《ていねい》に頭《あたま》を下《さ》げ、未緒《みお》ちゃんたちもあわててぺこっと頭《あたま》を下《さ》げました。

おばあさんが家《いえ》の中《なか》に引《ひ》っ込《こ》むと、健《けん》くんが「ぷはー」と息《いき》を吐《は》きました。

「びっくりした。直樹《なおき》、どうしたんだよ、いきなり」

「いや、こうなったら、当《あ》たって砕《くだ》けろ、かなあと思《おも》って」

恥《は》ずかしそうに頭《あたま》をかく直樹《なおき》くんに、

「すごい行動力《こうどうりょく》だったね。尊敬《そんけい》しちゃう」

と、春奈《はるな》ちゃんが言《い》いました。

「じゃあ、ご近所《きんじょ》を一軒一軒《いっけんいっけん》まわってみる？」

「うん……。ちょっと怖《こわ》いけど、やってみよう！」

未緒《みお》ちゃんもこくんとうなずきました。

（ノラのためにがんばらなきゃ！）

それから、四人《よにん》はご近所《きんじょ》の家《いえ》を一軒一軒《いっけんいっけん》まわることにしました。

たいていの場合《ばあい》、ドアを開《あ》けてはくれるのですが、捨《す》て犬《いぬ》をもらってくれないかという
と、気《き》まずそうに断《ことわ》られてしまい……。

「さすがに二十軒連続《にじっけんれんぞく》で断《ことわ》られると……」

「……うん。それに外出中《がいしゅつちゅう》で誰《だれ》もいない家《いえ》も多《おお》いしね」

「世《よ》の中《なか》、そう甘《あま》くはないってことかあ」

「やり方《かた》を変《か》えよう」

四人《よにん》は相談《そうだん》して、今度《こんど》は商店街《しょうてんがい》へ向《む》かいました。

「ここならいいんじゃね？」

「うん、シャッター閉《し》まってるから大丈夫《だいじょうぶ》だよね」

そこはだいぶ前《まえ》に閉店《へいてん》した手芸用品店《しゅげいようひんてん》の前《まえ》でした。

四人《よにん》はシャッターの前《まえ》に並《なら》び、互《たが》いにうなずき合《あ》いました。

「よし、やろう」

ノートをやぶった紙《かみ》に、

子犬
もらって
ください

「子犬《こいぬ》もらってください」

とマジックで書《か》いて、それを春奈《はるな》ちゃんが胸《むね》の前《まえ》で掲《かか》げます。

その隣《となり》で未緒《みお》ちゃんがノラを抱《だ》っこし、道行《みちゆ》く人《ひと》たちになるべく顔《かお》を見《み》えるようにしました。健《けん》くんと直樹《なおき》くんも、

「子犬《こいぬ》をもらってくれる人《ひと》を探《さが》しています！」

「自分《じぶん》じゃなくてもいいんです。もらってくれる人《ひと》に心当《こころあ》たりがある、という人《ひと》、いませんか～～～？」

と声《こえ》を張《は》り上《あ》げて、呼《よ》びかけます。

「あら、かわいいワンちゃん。がんばってね」

「もらい手《て》が見《み》つかるといいね」

とあたたかい声《こえ》をかけてくれる人《ひと》もいれば、

「………」

ちらっと見《み》て、通《とお》り過《す》ぎていくだけの人《ひと》もいます。

（こんなにたくさんの人《ひと》がいるのに、誰《だれ》も立《た》ち止《ど》まってくれない……。でも、あきらめなければ、そのうちひとりくらいは……）

未緒《みお》ちゃんはノラを地面《じめん》に下《お》ろして背中《せなか》をなでます。

しばらくして、身体《からだ》の大《おお》きなおじさんがドスドスと走《はし》ってきました。

「ちょっと君《きみ》たち、勝手《かって》なことをやってもらっちゃ困《こま》るよ。商店街《しょうてんがい》の事務所《じむしょ》に申請《しんせい》して許可《きょか》を得《え》ないと。君《きみ》たちの場合《ばあい》はまだ子《こ》どもだから、親御《おやご》さんから申請書《しんせいしょ》を出《だ》してもらわないといけないよ」

「え……」

おじさんは商店街《しょうてんがい》の役員《やくいん》のようです。

「事情《じじょう》があるのは見《み》てわかるけど、親御《おやご》さんと相談《そうだん》してから来《き》てくれないかな？　おじさんの言《い》ってること、理解《りかい》できるよね？」

「……はい」

――そんなわけで、未緒《みお》ちゃんたちは、一時間《いちじかん》も経《た》たないうちに商店街《しょうてんがい》から撤退《てったい》するしかなく……。

「どうする？　そろそろ陽《ひ》が暮《く》れるよ」

「もう帰《かえ》らないと……」

みんな心《こころ》も身体《からだ》もくたくたです。

「学校《がっこう》に行《い》こうか」

「うん、先生《せんせい》に相談《そうだん》してみよう」

健《けん》くんと直樹《なおき》くんが言《い》い、

「未緒《みお》ちゃん、もういいよね？　ここまでがんばったんだもん、あたしたち」

春奈《はるな》ちゃんもこう言《い》うと、未緒《みお》ちゃんは、こくん、とうなずきました。

「……うん、そうだよね。みんなありがとう。もう帰《かえ》っていいよ。私《わたし》、ノラを連《つ》れて帰《かえ》って、お母《かあ》さんに話《はな》してみる。今日一晩《きょうひとばん》だけでも、うちで面倒《めんどう》みたいってお願《ねが》いしてみるよ。先生《せんせい》には明日《あした》、相談《そうだん》してみよう」

先《さき》ほど、未緒《みお》ちゃんのお母《かあ》さんは留守《るす》でしたが、今頃《いまごろ》は家《いえ》で夕飯《ゆうはん》の支度《したく》をしているはずです。

「じゃあ、一緒《いっしょ》に行《い》くよ」

「おれも」

「みんなでお願《ねが》いしてみよう」

三人《さんにん》は未緒《みお》ちゃんとノラを見《み》て、うなずきました。

そうして、四人《よにん》で住宅街《じゅうたくがい》を歩《ある》いて行《い》くと……。

「未緒《みお》ちゃん！　捜《さが》したのよ」

「よかった、見《み》つかって」

道《みち》の向《む》こうから走《はし》ってきたのは、未緒《みお》ちゃんのお母《かあ》さんと先生《せんせい》でした。

「お母《かあ》さん、えっ、なんで？」

「買《か》い物《もの》から帰《かえ》ったとき、お隣《となり》のおばあさんから聞《き》いたの。それで、あちこち捜《さが》したんだけど見《み》つからなくて……。そうしたら、先生《せんせい》と偶然《ぐうぜん》お会《あ》いしたのよ」

「私《わたし》は、商店街《しょうてんがい》の会長《かいちょう》さんから学校《がっこう》に電話《でんわ》が入《はい》って。それでみんなを捜《さが》しに来《き》たの」

先生《せんせい》はホッとした顔《かお》をして、四人《よにん》を見《み》ました。

「今日《きょう》の絵本《えほん》の影響《えいきょう》でしょう？　さっそく行動《こうどう》に移《うつ》すなんて思《おも》わなかったわ」

「でも、先生《せんせい》。〝私《わたし》たち人間《にんげん》になにができるのか〟まだ答《こた》えが見《み》つかってないんです」

春奈《はるな》ちゃんはそう言《い》って、いきなり泣《な》き出《だ》してしまいました。

張《は》り詰《つ》めていた気持《きも》ちが先生《せんせい》の顔《かお》を見《み》たことでほどけて、涙《なみだ》が一気《いっき》にあふれてきてしまったのです。

「あなたたちは充分《じゅうぶん》に考《かんが》え抜《ぬ》いたはずよ。あとのことは先生《せんせい》にまかせて、ね？」

「うっ……うっ……」

先生《せんせい》はしゃがんで春奈《はるな》ちゃんを抱《だ》き寄《よ》せ、やさしく背中《せなか》をさすります。

「あーあ……結局《けっきょく》はこうなっちまうのか」

「うん、悔《くや》しいけど……仕方《しかた》ないよね」

最終的《さいしゅうてき》には先生《せんせい》に頼《たの》むことに賛成《さんせい》していたはずの健《けん》くんと直樹《なおき》くんが、がっかりして肩《かた》を落《お》とします。本当《ほんとう》は自分《じぶん》たちの力《ちから》で飼《か》い主《ぬし》を見《み》つけたかったのです。

「さ、子犬《こいぬ》をこっちに」

「先生《せんせい》、ノラをどうするの？」

未緒《みお》ちゃんは思《おも》わず、きゅっ、とノラを抱《だ》きしめました。

先生《せんせい》は未緒《みお》ちゃんを安心《あんしん》させようと、やさしく言《い》いました。

「明日《あした》にでも、ボランティアでやっている動物保護《どうぶつほご》センターに連《つ》れて行《い》きます。そこに連《つ》れて行《い》けば里親《さとおや》を探《さが》してもらえると思《おも》う。今日《きょう》は先生《せんせい》のうちで子犬《こいぬ》を預《あず》かるわ」

「先生《せんせい》ん家《ち》、ペットを飼《か》ってもオッケーの家《いえ》なの？」

「ええ、実《じつ》は今《いま》、三匹《さんびき》飼《か》っているの。同居《どうきょ》している父《ちち》が犬好《いぬず》きでね」

「そうなんだ〜〜」

未緒《みお》ちゃんはやっとホッとして笑《わら》いました。

「先生《せんせい》、ノラをお願《ねが》いします」

「はい、責任《せきにん》をもってお預《あず》かりしますね」

先生《せんせい》は未緒《みお》ちゃんの腕《うで》の中《なか》からノラを受《う》け取《と》って、抱《だ》っこしました。その動作《どうさ》から、先《せん》生《せい》は犬《いぬ》の扱《あつか》いに慣《な》れているのがわかります。

「よかったね、ノラ」

「おう、すぐに里親《さとおや》が見《み》つかるといいな」

「元気《げんき》でね」

「僕《ぼく》たちのこと忘《わす》れないでね」

未緒《みお》ちゃんたちが手《て》を振《ふ》ると、先生《せんせい》に抱《だ》っこされたノラは「くぅーん」と小《ちい》さく鳴《な》き、尻尾《しっぽ》をくるんと振《ふ》りました。

翌日《よくじつ》、ノラは先生《せんせい》のおかげで、動物保護《どうぶつほご》センターに引《ひ》き取《と》られていったのです。


週末《しゅうまつ》、未緒《みお》ちゃんはノラの夢《ゆめ》を見《み》ました。

夢《ゆめ》の中《なか》で、未緒《みお》ちゃんは膝《ひざ》の上《うえ》にノラを乗《の》せ、あの『ゆめのつづき』の絵本《えほん》を一緒《いっしょ》に読《よ》んでいました。

「このワンちゃんたちは、今頃《いまごろ》、生《う》まれ変《か》わって警察犬《けいさつけん》になってると思《おも》うんだ」

もしこのお話《はなし》が本当《ほんとう》なのだとしたら、未緒《みお》ちゃんはそう願《ねが》ってやみません。

「ねえ、ノラは将来《しょうらい》、どんな犬《いぬ》になりたい？」

ノラは「わん」と鳴《な》き、尻尾《しっぽ》を大《おお》きく振《ふ》りました。

すると、不思議《ふしぎ》なことにノラの声《こえ》が聞《き》こえたのです。


『ボクは大《おお》きくなったら、人《ひと》の役《やく》に立《た》つ立派《りっぱ》な犬《いぬ》になりたいんだ!!』


「え……ノラ、本当《ほんとう》に？」

『うん、ボクは未緒《みお》ちゃんたちが、ボクのために一生懸命《いっしょうけんめい》がんばってくれたのを見《み》ていたから、ボクも未緒《みお》ちゃんたちのためになることをしたいと思《おも》ったんだ』

「……そっかあ。ありがとう、ノラ」

未緒《みお》ちゃんはノラのやさしい心《こころ》に胸《むね》を打《う》たれ、微笑《ほほえ》みました。

「うん！　ノラなら立派《りっぱ》な犬《いぬ》になれるよ、きっと」

ゆめのつづき

ノラはうれしそうに「わん」と鳴《な》いて、また尻尾《しっぽ》を大《おお》きく振《ふ》ったのです。

未緒《みお》ちゃんはそこで目《め》が覚《さ》めました。

「ノラ……元気《げんき》かなあ」

カーテンを開《あ》けると、朝日《あさひ》がまぶしく町《まち》を照《て》らしています。

(ノラが人《ひと》の役《やく》に立《た》つ立派《りっぱ》な犬《いぬ》になるなら、私《わたし》は、わんちゃんたちがしあわせに暮《く》らせるお手伝《てつだ》いができる人《ひと》になりたいな)

犬《いぬ》などの動物《どうぶつ》に関係《かんけい》する仕事《しごと》はいろいろあります。

どのような職業《しょくぎょう》が自分《じぶん》に向《む》いているのかまだわかりませんが、未緒《みお》ちゃんはそう思《おも》い、うーんと伸《の》びをしたのでした。

コトダマ～あなたへの愛《あい》～

1. 白《しろ》い犬《いぬ》と奇跡《きせき》

恋愛《れんあい》は人《ひと》の精神《こころ》を破壊《はかい》する。

だから、私《わたし》は恋《こい》などしない――。


「それにしても、すっごい田舎《いなか》だよね〜〜。バス停《てい》は遠《とお》いし、オウちゃんは重《おも》いし」

山間《やまあい》の田舎道《いなかみち》をひとり歩《ある》きながら、瞳子《とうこ》は愚痴《ぐち》をこぼした。

ローカル線《せん》の終着駅《しゅうちゃくえき》から最寄《もよ》りのバス停《てい》に向《む》かっているのだけれど、すぐに着《つ》きそうにない。バス停《てい》が、なぜか駅前《えきまえ》から遠《とお》く離《はな》れたところにあるからだ。

周《まわ》りに見《み》える建物《たてもの》は数《かぞ》えるほどで、歩道《ほどう》はアスファルトで舗装《ほそう》されておらず、土《つち》が剥《む》き出《だ》しの状態《じょうたい》だ。

両手《りょうて》で提《さ》げて持《も》っている荷物《にもつ》が、がしゃがしゃ、と音《おと》を立《た》てる。

「ね、オウちゃん」

荷物《にもつ》――カバーのかかった大《おお》きな鳥《とり》かごに向《む》かって、瞳子《とうこ》は声《こえ》をかけた。

カバーの隙間《すきま》から〝オウちゃん〟の顔《かお》が見《み》えたと思《おも》ったら、

『冴子《さえこ》サン、冴子《さえこ》。結婚《けっこん》してクダサイ』

『冴子《さえこ》サン、好《す》きダヨ』


オウちゃんが、急《きゅう》におしゃべりをはじめた。

「わ、いきなり声《こえ》を出《だ》さないでよ～～」

甲高《かんだか》い声《こえ》が響《ひび》き、瞳子《とうこ》は焦《あせ》った。

『冴子《さえこ》サン、冴子《さえこ》サン』

「んもう、うるさいな。だから今《いま》、冴子《さえこ》さんのいる病院《びょういん》に連《つ》れてってあげるってば！　言《い》っとくけど、私《わたし》は行《い》きたくないんだからねっ」

（オウちゃん、電車《でんしゃ》の中《なか》では静《しず》かにしていたのになあ～～）

瞳子《とうこ》がオウムのオウちゃんを外《そと》に連《つ》れだしたのは、これが初《はじ》めてだった。

電車《でんしゃ》の中《なか》でわめきだしたら周《まわ》りの乗客《じょうきゃく》に迷惑《めいわく》だし、どうしよう……と思《おも》っていたが、そんな心配《しんぱい》もなく、病院《びょういん》の最寄《もよ》り駅《えき》までたどり着《つ》いたのだ。

けれど、電車《でんしゃ》から降《お》りるなり、いつもの、

『冴子《さえこ》サン、冴子《さえこ》サン』

が、はじまってしまった。

オウちゃんは瞳子《とうこ》の家《いえ》で長年飼《ながねんか》っている大《おお》きなオウムで、実《じつ》は中学生《ちゅうがくせい》の瞳子《とうこ》よりも年上《としうえ》だったりするのだが、外《そと》に出《で》たのがうれしくて無邪気《むじゃき》にはしゃぐ子《こ》どものようだ。

「しっかし、重《おも》いなあ……。今《いま》までは家《いえ》の中《なか》でちょっと移動《いどう》させるぐらいなら平気《へいき》だったから、運《はこ》ぶのは楽勝《らくしょう》だと思《おも》ってたのに」

瞳子《とうこ》はぶつぶつ言《い》いながら、田舎道《いなかみち》を歩《ある》く。

そして、ようやくこの田舎町《いなかまち》のメインストリート……というか唯一《ゆいいつ》の舗装《ほそう》された県道《けんどう》にたどり着《つ》いた。が、相変《あいか》わらず人気《ひとけ》はなく、車《くるま》の一台《いちだい》も通《とお》る気配《けはい》はない。

「この道《みち》にバス停《てい》があるはずなんだけど。もしかして、降《お》りる駅《えき》を間違《まちが》えたのかな……」

今朝《けさ》、家《いえ》を出《で》るときにスマホで乗換案内《のりかえあんない》を検索《けんさく》したきりなので、瞳子《とうこ》は自信《じしん》がなくなってきた。

その上《うえ》、昨夜《さくや》、寝《ね》る前《まえ》にスマホを充電《じゅうでん》するのを忘《わす》れたため、充電《じゅうでん》が途中《とちゅう》で切《き》れてしまったので、改《あらた》めて確認《かくにん》することができない。

「……こんなところまでオウちゃんを連《つ》れてきて、馬鹿《ばか》じゃないの、私《わたし》」

ただでさえ、病院《びょういん》に行《い》くのは気《き》が重《おも》いのに、スマホの充電《じゅうでん》は途中《とちゅう》で切《き》れるわ、鳥《とり》かごは重《おも》いわ――で瞳子《とうこ》は心《こころ》が折《お》れそうになる。

「……どうせ行《い》ったって、お母《かあ》さんは二度《にど》と笑《わら》いかけてくれない……よ」

病院《びょういん》のベッドの上《うえ》に座《すわ》るお母《かあ》さんの姿《すがた》を思《おも》い出《だ》し、瞳子《とうこ》はうつむく。

お母《かあ》さんはうつろな目《め》で窓《まど》の外《そと》を眺《なが》めていた……。

(こんなことになるなんて、三《さん》か月前《げつまえ》は思《おも》ってもみなかったのに──)

🐾🐾🐾🐾

『冴子《さえこ》、好《す》き』

リビングに、オウちゃんの鳴《な》き声《ごえ》が響《ひび》く。聞《き》いているこっちが恥《は》ずかしくなってきて、瞳子《とうこ》はソファでくつろいでいたお父《とう》さんを振《ふ》り返《かえ》った。

「ねぇ、お父《とう》さん……」

『愛《あい》してる』

『冴子《さえこ》サン、結婚《けっこん》してクダサイ』

「ん？　なんだい、瞳子《とうこ》」

お父《とう》さんがこちらを向《む》こうとする間《あいだ》にも、オウちゃんは情熱的《じょうねつてき》な愛《あい》の言葉《ことば》を繰《く》り返《かえ》している。

「これってお父《とう》さんのプロポーズの練習《れんしゅう》を、オウちゃんが覚《おぼ》えちゃったんだよね？」

瞳子《とうこ》が少《すこ》しあきれた顔《かお》でオウちゃんを指《ゆび》さすと、

「うん、結婚前《けっこんまえ》から飼《か》ってるからね」

お父《とう》さんは澄《す》ました顔《かお》で答《こた》えた。自分《じぶん》のプロポーズの練習《れんしゅう》を真似《まね》されて、恥《は》ずかしくないのだろうか。

そこへ、キッチンからお母《かあ》さんがコーヒーをお盆《ぼん》に載《の》せて入《はい》ってきた。

お父《とう》さんにカップをひとつ手渡《てわた》すと、自分《じぶん》も横《よこ》に座《すわ》ってふたりで飲《の》みはじめる。


『綺麗《きれい》ダヨ。よく似合《にあ》う。ステキだ』


オウちゃんがしゃべったとたん、瞳子《とうこ》は「ん？」と小首《こくび》を傾《かし》げた。

「これ、聞《き》いたことないよ！　いつの？」

お父《とう》さんとお母《かあ》さんは、特《とく》に驚《おどろ》くことなく顔《かお》を見合《みあ》わせる。

「これはいつのだろう、三日前《みっかまえ》？」

「昨日《きのう》じゃない？」

瞳子《とうこ》は軽《かる》く額《ひたい》に手《て》を当《あ》てた。

（うちの両親《りょうしん》、やっぱり普通《ふつう》じゃない……）

いつだったのかわからないぐらい、しょっちゅうこんなやりとりをしているということなのだろう。

(う……家族《かぞく》だから見慣《みな》れてるけど、お父《とう》さんは若々《わかわか》しくてカッコイイし、お母《かあ》さんはモード系《けい》のファッション誌《し》のモデルに引《ひ》けを取《と》らないくらいの美人《びじん》。絵《え》に描《か》いたような美男《びなん》美女《びじょ》が当《あ》たり前《まえ》のように、こっぱずかしい会話《かいわ》をするの……勘弁《かんべん》してほしいよ)

瞳子《とうこ》は中学二年生《ちゅうがくにねんせい》。

いつも親《おや》にくっついて歩《ある》いていた子《こ》ども時代《じだい》は、とっくに卒業《そつぎょう》してしまっている。

(私《わたし》、思春期《ししゅんき》ってヤツかな。それか反抗期《はんこうき》?　どっちにしろ、親《おや》に対《たい》してあんまりイライラしたくないんだけど……)

瞳子《とうこ》のお父《とう》さんは昔《むかし》、カリスマ美容師《びようし》だった。

芸能人《げいのうじん》のお得意《とくい》さんが何人《なんにん》もいたらしく、美人女優《びじんじょゆう》から夕食《ゆうしょく》のお誘《さそ》いも何回《なんかい》かあったそうだが、それらはすべて断《こと》わり、美容師《びようし》と顧客《こきゃく》の関係《かんけい》を決《けっ》して崩《くず》さなかったという。

しかし、そんな〝カタブツ〟だったお父《とう》さんは、ある日突然《ひとつぜん》、出会《であ》ったばかりのお母《かあ》さんにプロポーズした。

ファッションモデルをしていたお母《かあ》さんは、すぐに「はい」と返事《へんじ》をした。

そして、ふたりは婚約《こんやく》したが、なんと翌日《よくじつ》には婚姻届《こんいんとどけ》を役所《やくしょ》に提出《ていしゅつ》。

双方《そうほう》の親《おや》も友人《ゆうじん》たちもびっくりの、スピード結婚《けっこん》だったという……。

（そういうの、交際《こうさい》ゼロ日婚《にちこん》って言《い》うんだっけ？）

たまにそういうカップルが出《で》るらしく、つい先日《せんじつ》もエンタメ系《けい》のニュースで「俳優《はいゆう》の●●がIT系《アイティーけい》の社長《しゃちょう》と電撃結婚《でんげきけっこん》！」などと流《なが》れていた。

（相手《あいて》をよく知《し》ってからじゃないとすぐ破局《はきょく》するとか、コメンテーターが言《い》ったりしていたけど、私《わたし》はそれには賛成《さんせい》できないな。だって、うちの両親《りょうしん》、ずっとラブラブだもの。そう、娘《むすめ》の私《わたし》が見《み》ていて恥《は》ずかしくなるくらい……）

結婚《けっこん》した翌年《よくとし》に瞳子《とうこ》が生《う》まれ、お父《とう》さんは独立《どくりつ》を決意《けつい》。

「自然《しぜん》の豊《ゆた》かなところで子《こ》どもを育《そだ》てたい」

と考《かんが》え、東京近郊《とうきょうきんこう》の、とある静《しず》かな町《まち》に引《ひ》っ越《こ》した。

都心《としん》へ出《で》るのは時間《じかん》がかかる場所《ばしょ》だったけれど、お父《とう》さんは都内《とない》でいくつかの系列店《けいれつてん》を経営《けいえい》し、今《いま》に至《いた》る。社長《しゃちょう》の仕事《しごと》が忙《いそが》しく、今《いま》では現場《げんば》に出《で》ることは滅多《めった》にない。

けれど、どんなに仕事《しごと》が忙《いそが》しくても、お父《とう》さんは夕飯《ゆうはん》の時間《じかん》までには必《かなら》ず帰宅《きたく》する。家族三人《かぞくさんにん》そろって食《た》べるのが、瞳子《とうこ》が生《う》まれて以降《いこう》のルールだ。

そして、夕飯《ゆうはん》のあとは三人《さんにん》で食後《しょくご》のコーヒーを飲《の》みながら、ゆったりと過《す》ごす。

そのゆったりとした時間《じかん》の中《なか》で、オウちゃんはいつものようにおしゃべりを続《つづ》ける。


『冴子《さえこ》サン、今日《きょう》も綺麗《きれい》だよ』


休日《きゅうじつ》なので、お昼《ひる》ご飯《はん》のあとで家族三人《かぞくさんにん》リビングでくつろいでいたのだが、オウちゃんのおしゃべりは昼《ひる》も夜《よる》も関係《かんけい》ないのだ。

「そういえば、オウちゃんって、ほかの言葉《ことば》はちっとも覚《おぼ》えないよね」

「オハヨーとか、基本《きほん》よねぇ？」

お父《とう》さんとお母《かあ》さんは、ふたりして不思議《ふしぎ》そうな顔《かお》をする。

「ってゆーか、ふたりがラブラブすぎなんだよっ」

基本《きほん》のあいさつより、ふたりがオウちゃんの前《まえ》でいちゃついていることが多《おお》いってことじゃないかと瞳子《とうこ》は唸《うな》る。

（これが日常会話《にちじょうかいわ》だなんて、やっぱり変《へん》だよ！　これに慣《な》れてしまったら、私《わたし》の感覚《かんかく》がみんなとズレておかしなことになる〜〜〜）

瞳子《とうこ》が頭《あたま》の中《なか》でブンブンと首《くび》を振《ふ》っていると、お母《かあ》さんがにこっと笑《わら》った。

「あら、両親《りょうしん》が仲《なか》よくてうれしいでしょ？」

「いえ、恥《は》ずかしいです」

「瞳子《とうこ》も恋《こい》をすればわかるわよ♡」

お母《かあ》さんが言《い》うと、お父《とう》さんが横《よこ》から口《くち》を出《だ》した。

「恋愛《れんあい》なんてダメだよ、まだ中学生《ちゅうがくせい》だし。あ、でも、瞳子《とうこ》は僕《ぼく》の宝物《たからもの》だから、一生《いっしょう》、誰《だれ》にもやらないよ」

「えっ、た、宝物《たからもの》？？？」

「あら大変《たいへん》――。それじゃあ、瞳子《とうこ》は一生《いっしょう》、結婚《けっこん》できないわね？」

瞳子《とうこ》が変《へん》な声《こえ》を上《あ》げ、お母《かあ》さんがおもしろそうに目《め》を細《ほそ》める。

「うー……それはそれで困《こま》る気《き》がする」

両親《りょうしん》との会話《かいわ》はしまいには疲《つか》れてしまうので、瞳子《とうこ》は話題《わだい》を変《か》えた。

「それより、私《わたし》の誕生日《たんじょうび》、来週《らいしゅう》なんだけど、ちゃんと覚《おぼ》えてる？　すっかり忘《わす》れて、ふたりでデートの予定《よてい》を入《い》れたりしてないよね？」

瞳子《とうこ》が言《い》うと、お父《とう》さんは意外《いがい》そうに目《め》をみはり、

「なにを言《い》ってるんだい。覚《おぼ》えてるに決《き》まってるじゃないか。瞳子《とうこ》は僕《ぼく》の宝物《たからもの》だと言《い》ったばかりなのに」

「ステキなパーティーしてあげるわよ！」

お父《とう》さんとお母《かあ》さんは息《いき》ぴったりに立《た》ち上《あ》がり、

「というわけで、これからふたりで瞳子《とうこ》のプレゼントを買《か》いに行《い》ってきまーす♡」

「って、それデートじゃんっ」

瞳子《とうこ》のツッコミにかまわず、ふたりは腕《うで》を組《く》んで仲良《なかよ》く出《で》かけて行《い》った。

それが、ふたりそろった最後《さいご》の姿《すがた》になってしまうなんて……——。

あのときの瞳子《とうこ》は思《おも》ってもみなかったのだ。


あの日《ひ》の夜《よる》——。

瞳子《とうこ》の両親《りょうしん》を乗《の》せた車《くるま》は、暗《くら》い山道《やまみち》を走《はし》っていた。

プレゼントを選《えら》ぶのに迷《まよ》って時間《じかん》がかかり、すっかり日《ひ》が暮《く》れてしまったのだ。

お父《とう》さんはハンドルを握《にぎ》りながら、助手席《じょしゅせき》のお母《かあ》さんに言《い》った。

「誕生日《たんじょうび》プレゼント、気《き》に入《い》ってくれるといいけど。結局《けっきょく》、取《と》り寄《よ》せになってしまったから、わざわざ見《み》に行《い》かなくても、ネットで注文《ちゅうもん》すればよかったかな」

「あら、直接《ちょくせつ》、見《み》に行《い》って選《えら》んだことにも価値《かち》があるのよ？　きっと喜《よろこ》んでくれるわ」

「だといいけどなあ」

そうして、高台《たかだい》の崖《がけ》に沿《そ》った道《みち》を走《はし》っていたときだった。

ヘッドライトが照《て》らす道《みち》の先《さき》に、一匹《いっぴき》の白《しろ》い犬《いぬ》がいるのにふたり同時《どうじ》に気《き》づいたのは。


「えっ……」

「――犬《いぬ》？」


その犬《いぬ》は急《きゅう》に強《つよ》い光《ひかり》で照《て》らされて体《からだ》がすくんだらしく、その場《ば》に立《た》ち尽《つ》くし――。

「あぶない……っ」

キキキ――――ッ！

暗闇《くらやみ》を引《ひ》き裂《さ》くようなブレーキ音《おん》を響《ひび》かせながら、お父《とう》さんはその犬《いぬ》を避《よ》けてとっさにハンドルを切《き》った。

車《くるま》はガードレールを突《つ》き破《やぶ》り、崖《がけ》の下《した》へと真《ま》っ逆《さか》さまに落《お》ち——……。

カラカラ……とタイヤが空回《からまわ》りする音《おと》があたりに虚《むな》しく響《ひび》く。

「くぅ〜〜ん、くぅん」

白《しろ》い犬《いぬ》は崖《がけ》の下《した》に落《お》ちていった車《くるま》を心配《しんぱい》そうに見下《みお》ろした。

車《くるま》からは、シュー……と煙《けむり》が上《あ》がっている。

車《くるま》は斜《なな》めに傾《かたむ》き、フロントガラスが割《わ》れて、車体《しゃたい》も大《おお》きく損傷《そんしょう》していた。

「冴《さえ》……子《こ》、大丈夫《だいじょうぶ》……か」

お父《とう》さんは頭《あたま》に傷《きず》を負《お》っていた。血《ち》がフロントガラスを越《こ》えて、ボンネットにまで流《なが》れ落《お》ちている。

「……私《わたし》は、大丈夫《だいじょうぶ》よ……」

お母《かあ》さんは自分《じぶん》も怪我《けが》を負《お》っていたけれど、お父《とう》さんを心配《しんぱい》させたくなくて、声《こえ》を振《ふ》り絞《しぼ》る。

「い……犬《いぬ》は……」

「大丈夫《だいじょうぶ》……きっと大丈夫《だいじょうぶ》よ。しっかりして、あなた……」

「よかっ……」

お父《とう》さんは安心《あんしん》したように目《め》を閉《と》じたので、お母《かあ》さんは必死《ひっし》に叫《さけ》んだ。

「死《し》なないで、あなた……っ、あなたぁ……っ!!」

🐾🐾🐾

事故《じこ》の処理《しょり》に当《あ》たった警察《けいさつ》の説明《せつめい》によると、ドライブレコーダーに残《のこ》されていた記録《きろく》から、このようなやり取《と》りがあったという話《はなし》だった。

ひとけのない山道《やまみち》での事故《じこ》だったため、発見《はっけん》と通報《つうほう》が遅《おく》れ――。

結局《けっきょく》、対向車線《たいこうしゃせん》を走《はし》ってきた車《くるま》が事故《じこ》に気《き》づいて警察《けいさつ》に連絡《れんらく》を入《い》れたのは、事故《じこ》の三十分後《さんじっぷんご》ぐらいだったらしい。

救急車《きゅうきゅうしゃ》が到着《とうちゃく》したとき、お父《とう》さんはすでに息絶《いきた》えていた。

お母《かあ》さんは意識《いしき》がなかったものの、搬送先《はんそうさき》の病院《びょういん》での懸命《けんめい》な治療《ちりょう》のおかげで一命《いちめい》を取《と》り留《と》めたのである。

が、突然《とつぜん》、襲《おそ》いかかった不幸《ふこう》に、まだ中学生《ちゅうがくせい》の瞳子《とうこ》が冷静《れいせい》でいられるはずもなく——。

父方《ちちかた》も母方《ははかた》も祖父母《そふぼ》がすでに他界《たかい》しているので、瞳子《とうこ》の面倒《めんどう》はお母《かあ》さんのお姉《ねえ》さん、つまり、瞳子《とうこ》の伯母《おば》が見《み》てくれることになった。

「よく聞《き》いて、瞳子《とうこ》ちゃん」

伯母《おば》さんの声《こえ》を、お母《かあ》さんが座《すわ》るベッドの横《よこ》で瞳子《とうこ》はぼんやりと聞《き》いていた。

「お医者様《いしゃさま》のお話《はなし》によるとね、助《たす》けが来《く》るまでの間《あいだ》、お母《かあ》さんは助手席《じょしゅせき》でお父《とう》さんが死《し》んでいくのをずっと見《み》ていたの。ひとり残《のこ》される恐怖《きょうふ》と愛《あい》する人《ひと》が死《し》んでいくショックで、精神《こころ》が壊《こわ》れてしまったのだろうって……」

お医者《いしゃ》さんからの説明《せつめい》を伯母《おば》さんが伝《つた》えてくれるけれど、お父《とう》さんが死《し》んでしまったという事実《じじつ》に押《お》し流《なが》されて、その意味《いみ》が瞳子《とうこ》の頭《あたま》には入《はい》ってこない。

「だからね、田舎《いなか》のほうにある病院《びょういん》に転院《てんいん》して、静《しず》かな環境《かんきょう》でゆっくり治療《ちりょう》させてあげましょう。あなたはそれまで伯母《おば》さんの家《いえ》で……」

「お母《かあ》さんっ！」

瞳子《とうこ》はお母《かあ》さんに呼《よ》びかけた。

が、お母《かあ》さんはなにも反応《はんのう》しない。その横顔《よこがお》には事故《じこ》の傷《きず》が生々《なまなま》しく残《のこ》っていて表情《ひょうじょう》には変化《へんか》がない。まるで壊《こわ》れた人形《にんぎょう》や彫像《ちょうぞう》のようだ。

「お母《かあ》さん、なにか言《い》ってよ！　こっち見《み》てよぉっ！　私《わたし》たち、ふたりきりになっちゃったんだよ……ぉ」

その言葉《ことば》に、お母《かあ》さんは瞳子《とうこ》のほうに顔《かお》を向《む》けた。

唇《くちびる》がわずかに開《あ》いて、なにか言《い》いたそうに見《み》える。

ようやくお母《かあ》さんの心《こころ》に、瞳子《とうこ》の声《こえ》が届《とど》いた——と思《おも》ったのだけれど。

お母《かあ》さんは黙《だま》ったまま、ふたたび窓《まど》の外《そと》へ顔《かお》を向《む》けた。

「お母《かあ》さん、ねぇっ……お母《かあ》さん――っ!!」

絶望的《ぜつぼうてき》な泣《な》き声《ごえ》が、病室内《びょうしつない》に響《ひび》いた。


わんわんっ、という犬《いぬ》の鳴《な》き声《ごえ》に、瞳子《とうこ》は「はっ」と我《われ》に返《かえ》った。

気《き》がついたとき、目《め》の前《まえ》には一匹《いっぴき》の白《しろ》い犬《いぬ》がいて、「わんっ」と瞳子《とうこ》に向《む》かって鳴《な》き声《ごえ》を上《あ》げていた。

「え……？　あっ、やだ、雨《あめ》……!?　いつの間《ま》に……」

サー――……。

という雨音《あまおと》がしはじめていた。

見上《みあ》げると、灰色《はいいろ》の雨雲《あまぐも》が空一面《そらいちめん》覆《おお》っていて、すぐには止《や》みそうにない。

折《お》り畳《たた》み傘《かさ》などの雨具《あまぐ》を持《も》ってこなかったし、あったとしてもオウちゃんを運《はこ》びながらでは、傘《かさ》を差《さ》すのは難《むずか》しかっただろう。

道《みち》の先《さき》を見《み》ると、四隅《よすみ》の柱《はしら》だけで支《ささ》えられた壁《かべ》のない倉庫《そうこ》みたいな建物《たてもの》があった。

「あそこっ、雨《あめ》やどりできそう。行《い》こう、オウちゃん！」

鳥《とり》かごを抱《かか》え直《なお》し、瞳子《とうこ》は雨《あめ》に追《お》われるように道《みち》を急《いそ》いだ。

その建物《たてもの》は近《ちか》くの山《やま》から切《き》り出《だ》した木《き》を保管《ほかん》するための材木置《ざいもくお》き場《ば》らしく、何本《なんぼん》もの原《げん》木《ぼく》が横《よこ》に寝《ね》かされて積《つ》み上《あ》げられていた。

瞳子《とうこ》はその上《うえ》に登《のぼ》り、腰《こし》を下《お》ろす。

白《しろ》い犬《いぬ》も一緒《いっしょ》についてきて、瞳子《とうこ》の隣《となり》に座《すわ》った。

「ありがとね、ワンちゃん。声《こえ》かけてくれて」

雨足《あまあし》が次第《しだい》に強《つよ》まってきて、ザ――――……という強《つよ》い雨音《あまおと》に変化《へんか》している。

「ごめんね、オウちゃん。さっき、ちょっと考え事《かんがごと》してて……オウちゃん、年寄《としよ》りなのに風邪《かぜ》ひかせちゃうとこだった」

『冴子《さえこ》サン、冴子《さえこ》』

オウちゃんが鳴《な》くと、白《しろ》い犬《いぬ》がカバーの隙間《すきま》から見《み》えるオウちゃんに気《き》づき、不思議《ふしぎ》そうな顔《かお》をした。

「オウムだよ、知《し》ってる?」

いくら自然《しぜん》が豊《ゆた》かな場所《ばしょ》でも、日本《にほん》に野性《やせい》のオウムはいないから、この辺《あた》りで目《め》にすることはないだろう。

白《しろ》い犬《いぬ》は首輪《くびわ》をしていないが人《ひと》に慣《な》れているようにも見《み》えるので、もしかしたら、前《まえ》にどこかで飼《か》われていたのかもしれない。

「うちのオウム、オウちゃんっていうんだけど、とっても長生《ながい》きなの。お父《とう》さんが結婚《けっこん》する前《まえ》から飼《か》っててね、お父《とう》さんの言葉《ことば》を真似《まね》するのが得意《とくい》なんだ」

『好《す》きダヨ、愛《あい》してる』


オウちゃんの声《こえ》に、瞳子《とうこ》は涙《なみだ》をこぼす。

「こんなに……オウちゃんがこんなに、言葉《ことば》を覚《おぼ》えちゃうほど愛《あい》しあってたのに……死《し》んじゃうなんてヒドイよ、お父《とう》さん……っ」

涙《なみだ》があふれてきて、なかなか止《と》まらない。

お父《とう》さんのことは大好《だいす》きだった。

大好《だいす》きだったのに……！

「お母《かあ》さんの精神《こころ》を壊《こわ》して、ひとりで天国《てんごく》へ逝《い》っちゃって。だったら、私《わたし》は恋《こい》なんてしない。お父《とう》さんなんかキライ……っ」

両膝《りょうひざ》を抱《かか》えて、瞳子《とうこ》は顔《かお》を埋《うず》める。

すると、スリ……とやわらかくあたたかいものが瞳子《とうこ》の横顔《よこがお》にふれた。

(え……?)

顔《かお》を上《あ》げると、白《しろ》い犬《いぬ》がそばにいた。

自分《じぶん》の頭《あたま》を瞳子《とうこ》の肩《かた》に乗《の》せるようにして寄《よ》り添《そ》ってくれている。

「ふふ……ワンちゃん、やさしいんだね。ありがと……」

瞳子《とうこ》は白《しろ》い犬《いぬ》の肩《かた》に手《て》を回《まわ》して、お礼《れい》を言《い》った。

近《ちか》くに見《み》える山々《やまやま》には、相変《あいか》わらず雨《あめ》が降《ふ》り続《つづ》いているけれど、瞳子《とうこ》の目《め》から流《なが》れる涙《なみだ》は、白《しろ》い犬《いぬ》のおかげでいつのまにか止《と》まっていた。

「……あ!　雨《あめ》あがった」

しばらくすると雨《あめ》も止《や》んで、嘘《うそ》のように空《そら》が晴《は》れ渡《わた》った。

陽《ひ》の光《ひかり》が雨《あめ》に濡《ぬ》れた木々《きぎ》にキラキラと反射《はんしゃ》して、先《さき》ほどよりも景色《けしき》が美《うつく》しさを増《ま》したように見《み》える。

「バスなくなっちゃうから、行《い》くね。よいしょ」

瞳子《とうこ》は立《た》ち上《あ》がって鳥《とり》かごを抱《かか》えた。

「バイバイ、ワンちゃん」

白《しろ》い犬《いぬ》に別《わか》れを告《つ》げ、瞳子《とうこ》はバス停《てい》を目指《めざ》して歩《ある》き出《だ》した。


「ふう、よかった、間《ま》にあったみたい」

ようやくバス停《てい》にたどり着《つ》き、瞳子《とうこ》はホッとした。

あとどれくらい待《ま》てばいいかと、時刻表《じこくひょう》を確《たし》かめようとしていると、杖《つえ》をついた地元《じもと》のお婆《ばあ》さんが道《みち》の先《さき》からゆっくりと歩《ある》いてきた。

「おや、見《み》かけない子《こ》だねえ。最終《さいしゅう》のバスなら、ついさっき出《で》たよ」

「ええええっ⁉」

時計《とけい》を確認《かくにん》すると、確《たし》かに出発時刻《しゅっぱつじこく》を少《すこ》しだけ過《す》ぎていた。のどかそうに見《み》える町《まち》なのに、交通機関《こうつうきかん》のスケジュールはきっちりしているらしい。

「あの、ほかにバスは……？」

「ないねえ。あとは病院《びょういん》のほうから、こっちへ向《む》かうバスが来《く》るぐらいじゃないかい？」

おばあさんはそう言《い》って去《さ》っていく。

このバス停《てい》と病院《びょういん》をつなぐ路線《ろせん》は一本《いっぽん》だけだ。

「そ……そんな。病院《びょういん》まで歩《ある》いていったら、日《ひ》が暮《く》れちゃうよ……ぉ」

絶望的《ぜつぼうてき》な気分《きぶん》になった瞳子《とうこ》は、ぺた……んと両手《りょうて》をついて地面《じめん》にへたり込《こ》んだ。

「神様《かみさま》が……行《い》ってもムダだって言《い》ってるのかもね。オウちゃん、もう帰《かえ》ろう」

気《き》が抜《ぬ》けてしまい、瞳子《とうこ》はあきらめモードになった。

「バカだな、私《わたし》……そうよね。お母《かあ》さんがいくらおまえの声《こえ》を聞《き》いたって、もとにもどるワケないよ……ね。だって……オウちゃんはお父《とう》さんじゃないんだもん……っ。お父《とう》さんは、もういないんだもん！」

誰《だれ》もいないバス停《てい》の前《まえ》で、瞳子《とうこ》は両手《りょうて》で顔《かお》を覆《おお》って泣《な》いた。

その間《あいだ》も、オウちゃんは、

『冴子《さえこ》、冴子《さえこ》サン』

『冴子《さえこ》、よく似合《にあ》う』


お父《とう》さんの言葉《ことば》を繰《く》り返《かえ》している。

ひとしきり泣《な》いたあと、瞳子《とうこ》はオウちゃんの鳥《とり》かごを持《も》って立《た》ち上《あ》がった。

「……帰《かえ》ろう、オウちゃん」

そう言《い》って歩《ある》き出《だ》そうとしたとき、瞳子《とうこ》は突如《とつじょ》、バランスを崩《くず》した。

「あ……っ」

大《おお》きな石《いし》につまずいてしまったのだ。

がしゃんっ！

と地面《じめん》に落《お》ちた鳥《とり》かごが音《おと》を立《た》て、その拍子《ひょうし》に小《ちい》さな扉《とびら》が開《あ》いた。

「キキイッ」

驚《おどろ》いたオウちゃんが、バサッバサと羽根《はね》をばたつかせる。

「オウちゃ……！」

焦《あせ》る瞳子《とうこ》の前《まえ》で、オウちゃんは飛《と》び立《た》ってしまった。

「オウちゃん、だめ……っ！　オウちゃん――っ!!」

山《やま》のほうへ向《む》かって飛《と》んでいくオウちゃんの姿《すがた》が、あっという間《ま》に小《ちい》さくなっていく。

「オウちゃん……」

しばらく、瞳子《とうこ》は茫然《ぼうぜん》としていた。

（私《わたし》が生《う》まれる前《まえ》からお父《とう》さんが飼《か》っていて家族同然《かぞくどうぜん》だったのに……。お父《とう》さんがいなくなったから、もう関係《かんけい》ないってこと……？）

思《おも》わず悲観《ひかん》してしまったけれど、それで納得《なっとく》できるはずもない。

（なに言《い》ってんの、私《わたし》。オウちゃんは大事《だいじ》な家族《かぞく》だよ！）

瞳子《とうこ》は鳥《とり》かごをバス停《てい》のベンチに置《お》き、オウちゃんを捜《さが》しに山《やま》の中《なか》へと入《はい》っていった。

草木《くさき》をかき分《わ》けて、瞳子《とうこ》はまともな道《みち》すらない森《もり》の中《なか》を進《すす》んでいく。

「オウちゃん、どこぉ!?」

はあ、はあ……と次第《しだい》に息《いき》が上《あ》がって――。

「オウちゃん……ごめん」

瞳子《とうこ》はここに来《く》るまでの間《あいだ》、オウちゃんに言《い》った言葉《ことば》を悔《く》やんでいた。

(お母《かあ》さんが、いくらおまえの声《こえ》を聞《き》いたって元《もと》に戻《もど》るわけないよね……なんて言《い》って、ごめん。違《ちが》うの……違《ちが》うの。オウちゃんを連《つ》れてきたのはね……)

「オウちゃんなら……お母《かあ》さんに、奇跡《きせき》を起《お》こしてくれるかもしれないと思《おも》って、連《つ》れてきたの！」


だって、オウちゃんの〝声《こえ》〟は、お父《とう》さんの〝言葉《ことば》〟だから――!!


「助《たす》けて、お父《とう》さん……っ。行《い》かないで！　これ以上遠《いじょうとお》くへ行《い》かないで……っ！　お母《かあ》さんを助《たす》けて！」

森《もり》の中《なか》で瞳子《とうこ》はひとり、木々《きぎ》の間《あいだ》からわずかにのぞいている空《そら》を見上《みあ》げた。

「お願《ねが》い、奇跡《きせき》を起《お》こしてぇ―――っ!!」

瞳子《とうこ》は地面《じめん》に倒《たお》れ込《こ》み、泣《な》き崩《くず》れた。

「お……おねが……い、お父《とう》さ……う……う……っ、う……」

すると――。

「わんっ」

という声《こえ》が聞《き》こえた。

「……さっきの、ワンちゃん……?」

顔《かお》を上《あ》げると、材木置《ざいもくお》き場《ば》で別《わか》れたはずの白《しろ》い犬《いぬ》が目《め》の前《まえ》にいた。

心配《しんぱい》そうな顔《かお》で瞳子《とうこ》を見《み》つめていた白《しろ》い犬《いぬ》が、服《ふく》の袖《そで》をぐいぐいと引《ひ》っ張《ぱ》りはじめる。

どうやら、自分《じぶん》についてこいと言《い》っているようだ。

「な……なに、どこへ行《い》くの、ワンちゃん……?」

白《しろ》い犬《いぬ》が歩《ある》き出《だ》し、瞳子《とうこ》はそのあとをついて行《い》く。

ザザザ……。

強《つよ》い風《かぜ》が吹《ふ》いて、木々《きぎ》の枝葉《えだは》を鳴《な》らす。

「わんっ、わんわんっ」

一本《いっぽん》の大《おお》きな木《き》の前《まえ》で立《た》ち止《ど》まった白《しろ》い犬《いぬ》が、木《き》の上《うえ》に向《む》かって吠《ほ》える。

「ワンちゃ……ん?」

「わんっわんっ」


『冴子《さえこ》サン』

『冴子《さえこ》サン、好《す》きダヨ』

『結婚《けっこん》してクダサイ、冴子《さえこ》』

『愛《あい》してるよ』

頭上《ずじょう》から降《ふ》ってくるその声《こえ》に、瞳子《とうこ》は顔《かお》を上《あ》げた。

「オウちゃん……！」
オウちゃんはこちらを見下《みお》ろすと、
バササ……。
と羽音《はおと》を立《た》てて白《しろ》い犬《いぬ》の背中《せなか》へ降《お》り立《た》つ。
瞳子《とうこ》は駆《か》け寄《よ》り、オウちゃんをやさしく抱《だ》きしめた。
オウちゃんと再会《さいかい》できた喜《よろこ》びで、瞳子《とうこ》の目《め》から涙《なみだ》があふれ出《だ》す。

『綺麗《きれい》ダヨ、冴子《さえこ》サン、冴子《さえこ》』

（お父《とう》さん……!!）
きっと天国《てんごく》のお父《とう》さんが呼《よ》びかけに応《こた》えて、奇跡《きせき》を起《お》こしてくれたんだ。
瞳子《とうこ》はそう思《おも》った。

2. 奇跡《きせき》の一瞬《いっしゅん》

「いろいろありがとう、ワンちゃん。おかげでなんとか、病院《びょういん》に着《つ》いたよ」

オウちゃんを無事《ぶじ》に見《み》つけることができた瞳子《とうこ》は、お母《かあ》さんの入院《にゅういん》する病院《びょういん》へようやくたどり着《つ》いた。

その頃《ころ》には、だいぶ陽《ひ》は傾《かたむ》いていて、空《そら》はあかね色《いろ》に染《そ》まっていた。

病院《びょういん》のエントランスの前《まえ》で、瞳子《とうこ》は白《しろ》い犬《いぬ》の頭《あたま》をなでながらお礼《れい》を言《い》った。

「あなたは不思議《ふしぎ》なワンちゃんだね。こんなトコまでついてきてくれて……。もしかして天使《てんし》？　ふふっ」

この犬《いぬ》がいなければ、オウちゃんを捜《さが》し出《だ》せなかったかもしれないし、まだ森《もり》の中《なか》で迷《まよ》っていたかもしれない。

「飼《か》い主《ぬし》がいないなら、伯母《おば》さんに飼《か》ってもらえるよう頼《たの》んでみるよ。だから、ここで待《ま》ってて。そして、祈《いの》ってて。奇跡《きせき》が起《お》こるように……！」

少《すこ》し緊張気味《きんちょうぎみ》に瞳子《とうこ》は白《しろ》い犬《いぬ》に言《い》うと、鳥《とり》かごを持《も》つ手《て》に力《ちから》を込《こ》めた。

「行《い》くよ、オウちゃん……！」

🐾🐾🐾🐾

瞳子《とうこ》とオウちゃんが去《さ》ったあと、白《しろ》い犬《いぬ》はふと上《うえ》を見《み》た。

そこからは入院病棟《にゅういんびょうとう》の最上階《さいじょうかい》の角部屋《かどべや》が見《み》え……。

ひとりの美《うつく》しい女性《じょせい》が頬杖《ほおづえ》をつきながら、外《そと》を眺《なが》めていた。

その左手《ひだりて》の薬指《くすりゆび》には、結婚指輪《けっこんゆびわ》が光《ひか》っていて——。

🐾🐾🐾🐾

病室《びょうしつ》の前《まえ》まで行《い》った瞳子《とうこ》は、気持《きも》ちを落《お》ち着《つ》けるように深呼吸《しんこきゅう》をした。

それから、コンコンと病室《びょうしつ》のドアをノックして、

「お……お母《かあ》さん、入《はい》るよ？」

と声《こえ》をかけてから、瞳子《とうこ》は静《しず》かにドアを開《あ》けた。

ちょうど回診《かいしん》の時間《じかん》に当《あ》たったので、お医者《いしゃ》さんと看護師《かんごし》さんが面会《めんかい》に付《つ》き添《そ》ってくれることになり、ふたりは瞳子《とうこ》に続《つづ》いて病室《びょうしつ》に入《はい》った。

窓際《まどぎわ》に置《お》いた丸椅子《まるいす》に座《すわ》り、窓枠《まどわく》に頬杖《ほおづえ》をついて外《そと》を眺《なが》めているお母《かあ》さんは相変《あいか》わらず美《うつく》しかった。

が、視線《しせん》は窓《まど》の外《そと》に向《む》けられたままで……。

その瞳《ひとみ》に、外《そと》の景色《けしき》が映《うつ》っているのかどうかもわからない。

なにか別《べつ》の、もっと遠《とお》いところにあるなにかを見《み》ているようだ。

「お母《かあ》さん、瞳子《とうこ》だよ」

「………」

やはり反応《はんのう》はなく、お母《かあ》さんは人形《にんぎょう》のように座《すわ》っているだけだ。
鳥《とり》かごを床《ゆか》に置《お》き、瞳子《とうこ》は期待《きたい》を込《こ》めてカバーを取《と》り去《さ》った。

『冴子《さえこ》サン、冴子《さえこ》』
『好《す》きダヨ』
『冴子《さえこ》サン、結婚《けっこん》してクダサイ、冴子《さえこ》』
『好《す》きダヨ、冴子《さえこ》、冴子《さえこ》サン』

病室《びょうしつ》に、オウちゃんの声《こえ》が響《ひび》く。
瞳子《とうこ》は祈《いの》るような気持《きも》ちで、お母《かあ》さんの中《なか》でなにか変化《へんか》が起《お》こらないかと見守《みまも》る。
（お母《かあ》さん、聞《き》こえてる？）
『綺麗《きれい》ダヨ、冴子《さえこ》サン、愛《あい》してる』

『冴子《さえこ》サン、好《す》きダヨ、冴子《さえこ》』

（お母《かあ》さん、聞《き》こえていたら、こっち向《む》いて……お願《ねが》い！）

けれど、どの言葉《ことば》にもお母《かあ》さんが反応《はんのう》することはなく、瞳子《とうこ》の目《め》に涙《なみだ》が浮《う》かんだ。

（そうだよね。奇跡《きせき》なんて、そんな簡単《かんたん》に起《お》きるワケが……）

つらい結果《けっか》に瞳子《とうこ》が目《め》を伏《ふ》せた、そのときだった。

「瞳子《とうこ》ちゃん……！」

お医者《いしゃ》さんが肩《かた》に手《て》を置《お》き、お母《かあ》さんのほうを指《ゆび》さしたのは。

相変《あいか》わらず窓《まど》の外《そと》を見《み》ていたけれど、お母《かあ》さんの頬《ほお》には涙《なみだ》が伝《つた》わり落《お》ちていた。

「お母《かあ》さん……？」

『冴子《さえこ》、冴子《さえこ》サン』

「あ……あな……た」

お母《かあ》さんは丸椅子《まるいす》から立《た》ち上《あ》がって、オウちゃんのいる鳥《とり》かごに近《ちか》づいた。

「奇跡《きせき》ですよ！　反応《はんのう》しました！」

「よし、すぐに検査《けんさ》をしよう!!」

看護師《かんごし》さんとお医者《いしゃ》さんも、わっ、と喜《よろこ》びの声《こえ》を上《あ》げる。

けれど、瞳子《とうこ》は「待《ま》ってください」とお医者《いしゃ》さんと看護師《かんごし》さんを止《と》めた。

「ま……待《ま》ってください、先生《せんせい》！　もう少《すこ》しだけ……。ふたりに愛《あい》を語《かた》らせてあげてください——……」

お母《かあ》さんはオウちゃんの鳥《とり》かごを、両手《りょうて》で愛《いと》おしそうに抱《だ》きしめていた。

そんなお母《かあ》さんに、お父《とう》さんが寄《よ》り添《そ》っているように瞳子《とうこ》には見《み》えたのだ。

お母《かあ》さんの検査《けんさ》がはじまったので、瞳子《とうこ》は病院《びょういん》のエントランスへと向《む》かった。

「ワンちゃん……？　あれ、どこ行《い》っちゃったの？」

しかし、白《しろ》い犬《いぬ》の姿《すがた》はどこにもなく——。

しばらく辺《あた》りを捜《さが》していると、中庭《なかにわ》のほうで入院病棟《にゅういんびょうとう》を見上《みあ》げている男《おとこ》の人《ひと》がいたので、瞳子《とうこ》は後《うし》ろから声《こえ》をかけた。

「あの、すみません。白《しろ》い犬《いぬ》を見《み》ませんでした……か」

振《ふ》り返《かえ》った男《おとこ》の人《ひと》の顔《かお》を見《み》て、瞳子《とうこ》は言葉《ことば》を失《うしな》った。

ザア……と強《つよ》い風《かぜ》が、ふたりの間《あいだ》を通《とお》り過《す》ぎる。

その男《おとこ》の人《ひと》は——。


「お父《とう》さん……！」


(まさか、まさか……あのワンちゃんは、お父《とう》さんだったの……⁉)

来《き》てくれた……来《き》てくれたんだ。

「私《わたし》とオウちゃんと、そして……」

お母《かあ》さんを助《たす》けに――……!!

「キ……キライだなんて言《い》って、ごめ……なさ……ごめんなさい――っ」

泣《な》いてあやまる瞳子《とうこ》をお父《とう》さんはやさしく見《み》つめていた。

それから、お父《とう》さんはにっこりと微笑《ほほえ》んで、わずかに口《くち》を動《うご》かした。

「え……なに⁉　なんて言《い》ったの⁉」

瞳子《とうこ》の心《こころ》の中《なか》で、その言葉《ことば》ははっきりとした意味《いみ》を持《も》って伝《つた》わった。

愛《あい》してるよ。

瞳子《とうこ》と冴子《さえこ》さんを天国一《てんごくいち》、愛《あい》してるよ。

そして、瞳子《とうこ》をやさしく抱《だ》きしめて、お父《とう》さんは消《き》えていった……。

それは、永《なが》く、しあわせな一瞬《いっしゅん》だった――……。

病院《びょういん》で一泊《いっぱく》した瞳子《とうこ》は、翌朝《よくあさ》、バスに乗《の》って駅《えき》へと向《む》かっていた。

エンジン音《おん》を響《ひび》かせて、バスは田舎町《いなかまち》をのんびりと走《はし》っている。

車内《しゃない》には、何人《なんにん》かのお客《きゃく》さんが乗《の》っていたけれど、瞳子《とうこ》はいちばん後《うし》ろの座席《ざせき》に座《すわ》ることができた。

「よかったね、オウちゃん。お母《かあ》さん、元気《げんき》になるって！」

オウちゃんの鳴《な》き声《ごえ》に反応《はんのう》したお母《かあ》さんは、その後《ご》、完全《かんぜん》にではないけれどお医者《いしゃ》さんの呼《よ》びかけにも応《こた》えたり、看護師《かんごし》さんの雑談《ざつだん》に微笑《ほほえ》んだりと、明《あき》らかに回復《かいふく》の兆《きざ》しを見《み》せはじめたのだ。

「まあ、時間《じかん》はかかるけどね。また、一緒《いっしょ》に来《こ》よう！」

シートの上《うえ》に置《お》いた鳥《とり》かごの中《なか》のオウちゃんに、そう言《い》ったとき、

「ん⁉」

窓《まど》の外《そと》に、見覚《みおぼ》えのある白《しろ》い犬《いぬ》の姿《すがた》が見《み》えた。

「あれー？　あのワンちゃんだ‼　すっごいフツーにのんびりしてるんだけど……」

白《しろ》い犬《いぬ》は土手《どて》の上《うえ》にいた。

そして、後《うし》ろ足《あし》で首《くび》の後《うし》ろあたりを気持《きも》ちよさそうにかいているではないか。

「あの犬《いぬ》、別《べつ》にお父《とう》さんでもなんでもなかったんじゃ……」

(天国《てんごく》から戻《もど》ってきたお父《とう》さんが、正体《しょうたい》がバレないように犬《いぬ》の姿《すがた》になって困《こま》っている私《わたし》やお母《かあ》さんを助《たす》けにきてくれたんだと思《おも》っていたのだけれど……。タイミングよく私《わたし》たちの前《まえ》に現《あらわ》れただけの、地元《じもと》の野良犬《のらいぬ》だったのかも？)

「……まっ、いっか！」

バスの窓《まど》を全開《ぜんかい》にして、瞳子《とうこ》は白《しろ》い犬《いぬ》に向《む》かって手《て》を振《ふ》った。

「ワンちゃ――ん！」

瞳子《とうこ》の声《こえ》に気《き》づいた白《しろ》い犬《いぬ》が、土手《どて》を走《はし》ってバスを追《お》いかけてくる。

「わんっわん、わんっ」

「ワンちゃん、ありがとう――っ、元気《げんき》でね――!!」

精《せい》いっぱいの感謝《かんしゃ》を込《こ》めて、瞳子《とうこ》は犬《いぬ》にお別《わか》れを言《い》った。

(あ、もしかして……お父《とう》さんが助《たす》けたワンちゃんだったのかも?)

「……なんて、そんなわけないか。うちから遠《とお》いし」

けれど、「もし、奇跡《きせき》が起《お》きたのなら距離《きょり》なんか関係《かんけい》ない」と瞳子《とうこ》は思《おも》った。

(大事《だいじ》なのは、私《わたし》はお父《とう》さんが大好《だいす》きだってこと。そして、お母《かあ》さんとお父《とう》さんが変《か》わらず愛《あい》し合《あ》っているということ!)

「ふふ、ねえ、オウちゃん、私《わたし》、考《かんが》え直《なお》したんだけどさ」

窓《まど》を閉《し》めてから、瞳子《とうこ》は鳥《とり》かごの中《なか》のオウちゃんに声《こえ》をかけた。

「やっぱり私《わたし》、恋《こい》したくなっちゃった！　えへっ♡」

『ワタシ恋《こい》したくなっちゃッタ！』

『恋《こい》したくなっちゃッタ！』

一瞬《いっしゅん》で言葉《ことば》を真似《まね》してしまったオウちゃんに、瞳子《とうこ》はぎょっとなる。

「ちょっと、オウちゃん！」

他《ほか》の乗客《じょうきゃく》たちが何事《なにごと》かとこちらに注目《ちゅうもく》してくるので、瞳子《とうこ》は恥《は》ずかしくなった。

中《なか》には、おかしそうに微笑《ほほえ》んでいるおじさんもいる。

「し〜〜〜っ、し〜〜〜〜〜〜〜〜〜〜っっ！」

オウちゃんを静《しず》かにさせようとするけれど、オウちゃんはいつものすまし顔《がお》だ。

「もう、オウちゃんってば。まあ、見《み》ててよ、私《わたし》、これでもあのお父《とう》さんとお母《かあ》さんの子《こ》なんだから」

瞳子《とうこ》は家《いえ》に帰《かえ》ったら、クローゼットの奥《おく》にしまったままの箱《はこ》を開《あ》けようと思《おも》っていた。

（お父《とう》さんとお母《かあ》さんが選《えら》んでくれた、私《わたし》の十四歳《じゅうよんさい》の誕生日《たんじょうび》のプレゼント……）

プレゼントはあの事故《じこ》から数日後《すうじつご》に届《とど》いたのだが、瞳子《とうこ》は開《あ》ける気《き》にならなかった。

死《し》んだお父《とう》さんのことを考《かんが》えるだけで胸《むね》が苦《くる》しくなるし、涙《なみだ》が止《と》まらなくなるからだ。

（お母《かあ》さんもやっと前《まえ》を向《む》いたんだもの。私《わたし》も前《まえ》に進《すす》まなきゃ）

細長《ほそなが》い箱《はこ》なので、腕時計《うでどけい》かネックレス、あるいは万年筆《まんねんひつ》かもしれない。

（どんなものでも、私《わたし》、一生大事《いっしょうだいじ》にするね、お父《とう》さん）

そして、瞳子《とうこ》はそのプレゼントを持《も》った自分《じぶん》の横《よこ》に、恋《こい》した相手《あいて》がいるシーンをしあわせな気持《きも》ちで想像《そうぞう》してみた。

（私《わたし》も、お父《とう》さんとお母《かあ》さんに負《ま》けないくらいの大恋愛《だいれんあい》を、いつかきっと……ね！）

薔薇《ばら》とたんぽぽ
～あの虹《にじ》の向《む》こうへ～

1. あたしの大好《だいす》きな人《ひと》たち

(はあ~。ぽかぽか、最高《さいこう》♡)
お気《き》に入《い》りの犬用《いぬよう》のベッドに寝転《ねころ》びながら、あたしは無防備《むぼうび》な格好《かっこう》でくつろいでいた。
でーんとお腹《なか》を出《だ》して、手足《てあし》はびよ~んと伸《の》ばして脱力《だつりょく》。
お口《くち》は、ぱっか~んと大《おお》きく開《あ》けて、舌《した》をだらんと出《だ》して……。
きっとお母《かあ》さんが見《み》たら、
「もう、女《おんな》の子《こ》なのに~」
と、苦笑《にがわら》いしてくるに違《ちが》いない。
でもでも、これがやめられないのよね~~~。
(お腹《なか》に当《あ》たる日差《ひざ》しがぽかぽかであったかくて、毛《け》がほこほこして最高《さいこう》~~~)
なんとも言《い》えない心地《ここち》よさに、自然《しぜん》とまぶたが下《さ》がってきたとき、

「ただいまー！」

玄関先《げんかんさき》で声《こえ》がした瞬間《しゅんかん》、あたしはピンと耳《みみ》を立《た》てた。

「……？　お母《かあ》さんいる？」

（この声《こえ》は!?）

間違《まちが》いない。大好《だいす》きな、栄子《えいこ》ちゃんの声《こえ》だ！

どうして、どうして！　栄子《えいこ》ちゃん、帰《かえ》ってきてくれたの？

あたしはうれしくなって体《からだ》を起《お》こす。

「あれー？　いないの？」

靴《くつ》を脱《ぬ》ぎながら、栄子《えいこ》ちゃんがとまどった声《こえ》を上《あ》げている。

（あらら、タイミングが悪《わる》いなあ）

そう、お母《かあ》さんはちょっと前《まえ》に、

「急《いそ》いで買《か》い物《もの》に出《で》てくるから、お留守番《るすばん》よろしくね」

と言《い》って、近所《きんじょ》のスーパーに行《い》ってしまったのよ。

きっと、お母《かあ》さんはほんの少《すこ》しの時間《じかん》で戻《もど》ってくるつもりで出《で》たのだろうけれど、タイミング悪《わる》く栄子《えいこ》ちゃんと入《い》れ違《ちが》いになっちゃったのね。

「わんわん」

(栄子《えいこ》ちゃん、お母《かあ》さんはお出《で》かけしちゃったの〜〜)

栄子《えいこ》ちゃんに通《つう》じるかわからないけれど、一応《いちおう》言《い》ってみると、

「あ、たんぽぽ、ここにいたんだね」

あたしがいる和室《わしつ》のふすまが開《あ》いて、ひょこっと栄子《えいこ》ちゃんが顔《かお》を出《だ》した。

「わんっ」

(栄子《えいこ》ちゃん、おかえり。久《ひさ》しぶりね!)

あたしはぶんぶん尻尾《しっぽ》を振《ふ》って、栄子《えいこ》ちゃんに飛《と》びつく。

栄子《えいこ》ちゃんは今《いま》、都会《とかい》にあるイベント会社《がいしゃ》で働《はたら》いていて、今《いま》は社員寮《しゃいんりょう》で暮《く》らしている。

なので、なかなか会《あ》えなくて、毎日《まいにち》さみしかったのよ〜〜!

「おー、たんぽぽ。元気《げんき》そうね」

（うふふ、うれしい♪　もっと、もっと撫《な》でてー）

甘《あま》えてぐりぐりと胸《むね》に頭《あたま》を押《お》しつけていると、

「にゃー」

と、ドアのほうから鳴《な》き声《ごえ》がした。

ぱっと栄子《えいこ》ちゃんが振《ふ》り返《かえ》ると、そこにはローズがいて……。

『ローズ！』

ローズはこのお家《うち》で暮《く》らしている白《しろ》い猫《ねこ》で、あたしの大好《だいす》きなダーリン♡

真《ま》っ白《しろ》な毛並《けな》み。キレイなピンク色《いろ》のお鼻《はな》。

そして、海《うみ》のような青《あお》い瞳《ひとみ》が美《うつく》しくて……最高《さいこう》に素敵《すてき》な猫《ねこ》なのよ！

ちなみに、あたしは「紀州犬《きしゅうけん》」っていう種類《しゅるい》で、ママもお姉《ねえ》ちゃんも真《ま》っ白《しろ》な毛《け》をしていてね、耳《みみ》がピンとしてすらっとした体型《たいけい》をしているの。

特《とく》にママは美人犬《びじんけん》でみんなから「キレイだね」って、言《い》われていたから、あたしも当然《とうぜん》、美人犬《びじんけん》なのよ！

つまり、なにが言《い》いたいかっていうと、あたしとローズは犬《いぬ》と猫《ねこ》という違《ちが》いはあれど、美男美女《びなんびじょ》ってわけ。

「あっ、ローズ！　会《あ》いたかったよ〜〜〜！」

栄子《えいこ》ちゃんはあたしから離《はな》れると、すぐにローズを抱《だ》き上《あ》げた。

「元気《げんき》だった？　なーに？　わざわざ私《わたし》のために二階《にかい》から下《お》りてきてくれたの？」

（まあな）

ローズは普段《ふだん》、栄子《えいこ》ちゃんの部屋《へや》にあるお気《き》に入《い》りの出窓《でまど》で寝《ね》ていることが多《おお》い。

ここ最近《さいきん》、ほとんど一階《いっかい》に下《お》りてこなかったから、こうしてローズが一階《いっかい》にくることは珍《めずら》しい。

きっと、栄子《えいこ》ちゃんの声《こえ》が聞《き》こえたから、わざわざ下《お》りてきたのね。

（ふふ、ローズも栄子《えいこ》ちゃんが帰《かえ》ってきてくれてうれしかったのね♪）

あたしは、ローズが同《おな》じ気持《きも》ちになってくれたのがうれしくて、つい微笑《ほほえ》んでしまった。

それなのに、ローズはさっきからそっけないというか、クールというか、栄子《えいこ》ちゃんの腕《うで》の中《なか》におとなしくスッポリおさまっていて……。

「もう、私《わたし》に会《あ》えてうれしくないの？　たんぽぽみたいに喜《よろこ》んでよ？　ね、ローズ」

「わん！」

『そうだよ。久《ひさ》しぶりなんだからー』

急《せ》かすように声《こえ》をかけると、ローズはすこしムッとした表情《ひょうじょう》になった。

『チッ、そんな媚《こ》びるような真似《まね》できるかよ』

なによう、いいじゃない。

それに、うれしいって気持《きも》ちを素直《すなお》に伝《つた》えることは、別《べつ》に悪《わる》いことじゃないわ。

『はやくはやく』

『仕方《しかた》ないなあ』

「にゃ～」

『おかえり、栄子《えいこ》』

不本意《ふほんい》ながらも、ローズはかわいい声《こえ》でひと鳴《な》き。

そのとたん、栄子《えいこ》ちゃんの顔《かお》が、にへらっと、とろけた。

「もしかして、おかえりって言《い》ってくれた？　本当《ほんとう》にローズはかわいいんだから。もう、いっぱいぎゅっとしちゃう♡」

たったひと鳴《な》きなのに、栄子《えいこ》ちゃんはデレデレ。

この結果《けっか》は、なんとなーくわかっていたけれど、少《すこ》し悔《くや》しい。

だって、ずるくない？

（あたしだって、栄子《えいこ》ちゃんのこと熱烈歓迎《ねつれつかんげい》したのになあ）

しかも、ローズはさっきまでつれない態度《たいど》を取《と》っていたくせに、今《いま》はもうまんざらでもない様子《ようす》で……。

「にゃ～」

『ふふん、まあこんなもんだ』

栄子《えいこ》ちゃんの腕《うで》のなかで勝《か》ち誇《ほこ》った顔《かお》をしてる。

なんなのよ、もう。

さっきは「仕方《しかた》ないなあ」なんて面倒《めんどう》くさがっていたくせに。

（でも……こんなふうに喜《よろこ》んでいるローズを見《み》たのは、久《ひさ》しぶりかもしれない）

栄子《えいこ》ちゃんがこのお家《うち》を出《で》て、この家《いえ》の人間《にんげん》はお父《とう》さんとお母《かあ》さんのふたりだけになった。そしたら、家《いえ》の中《なか》が前《まえ》より静《しず》かになっちゃって。

だからこんなふうに、ぱあって明《あか》るい気分《きぶん》になったり、ローズの喜《よろこ》んでいる姿《すがた》を見《み》ると、あたしはなんだかうれしくなっちゃったんだ。


それからしばらくして、お母《かあ》さんが帰《かえ》ってきた。

手《て》にはスーパーの袋《ふくろ》を提《さ》げて、バタバタと玄関《げんかん》からリビングへやってくる。

「ごめんね、入《い》れ違《ちが》いになっちゃったわね」

そのとき、ローズはすでに二階《にかい》に戻《もど》っていて、リビングにいたあたしと栄子《えいこ》ちゃんがお母《かあ》さんを迎《むか》えた。

「おかえり～。もう、どこ行《い》ってたの？」

「ごめんごめん。しょうゆ切《き》らしちゃって買《か》いに行《い》ってたのよ」

「もう、そんなの私《わたし》に電話《でんわ》くれれば、駅前《えきまえ》のスーパーで買《か》って帰《かえ》って来《き》たのに」

「あ。そう言《い》われれば、そうね。うっかりしてたわ」

「もう、しっかりしてよ」

栄子《えいこ》ちゃんは、あきれたように肩《かた》を軽《かる》くすくめる。

きっと、お母《かあ》さんは栄子《えいこ》ちゃんが久《ひさ》しぶりに帰《かえ》ってくるのがうれしくて、気《き》が回《まわ》らなくなってたのよ。栄子《えいこ》ちゃんにおいしい手料理《てりょうり》を振《ふ》る舞《ま》いたいのに、しょうゆがなくっちゃはじまらないものね。

「じゃあ、今度《こんど》から栄子《えいこ》が帰《かえ》ってくるときには頼《たの》むわ」

「うん、そうして」

「それより、あなた仕事《しごと》のほうはどうなの？　イベント会社《がいしゃ》って忙《いそが》しいんでしょ？　新《あたら》しい部署《ぶしょ》にはもう慣《な》れた？」

「うーん、ぼちぼちかな。でも、仕事自体《しごとじたい》は楽《たの》しいよ」

栄子《えいこ》ちゃんの働《はたら》いているイベント会社《がいしゃ》というところは、イベントを企画《きかく》したり宣伝《せんでん》したり運営《うんえい》したりするところだって、前《まえ》に説明《せつめい》してもらったけど、犬《いぬ》のあたしには理解《りかい》するのがちょっと難《むずか》しいお仕事《しごと》みたい。

「ふーん。まあ、あなたが元気《げんき》にしているならそれでいいけど。あっ！」

お母《かあ》さんは時計《とけい》を見《み》て、しまったという顔《かお》をした。

「なに？」

「いっけない、しょうゆに気《き》を取《と》られて、散歩《さんぽ》の時間《じかん》を忘《わす》れてたわ」

「散歩《さんぽ》？　ああ、本当《ほんとう》だ。もう、こんな時間《じかん》？」

栄子《えいこ》ちゃんはあたしを見《み》た。あたしも、栄子《えいこ》ちゃんが帰《かえ》ってきたことに気《き》を取《と》られて、お散歩《さんぽ》のことを忘《わす》れていたわ。

「わん！」

『お母《かあ》さん、お散歩《さんぽ》行《い》きましょ～』

すると、栄子《えいこ》ちゃんが、

「そうだ、たんぽぽ。久《ひさ》しぶりに私《わたし》と行《い》こうか？」

「あら、いいの？」

「いいの、いいの。たまには、たんぽぽとお出《で》かけしたいからさ」

「そう？　それなら、お願《ねが》いしようかしら」

やった〜、栄子《えいこ》ちゃんとお散歩《さんぽ》だあ！

あたしはうれしくって、ぶんぶんと尻尾《しっぽ》を振《ふ》った。


「よし、それじゃ準備万端《じゅんびばんたん》かな？」

栄子《えいこ》ちゃんは、玄関《げんかん》でお散歩《さんぽ》セットを確認《かくにん》していく。

「ハーネスオッケー、リードオッケー。うんちセットもあるね」

（うんうん、いつでも行《い》けるよ♪）

あたしはうれしくて、その場《ば》でくるくると回《まわ》ってしまった。

「わわわ、リードが〜〜」

腕《うで》に巻《ま》き付《つ》いてしまったリードをほどいて、栄子《えいこ》ちゃんがあわてて靴《くつ》を履《は》く。

「よし、それじゃ」

「にゃ～」

「ん？　あれ、ローズどうしたの？」

見《み》ると、二階《にかい》へ続《つづ》く階段《かいだん》の上《あ》がり口《ぐち》にローズがいた。

「ふふ、私《わたし》が散歩《さんぽ》するの久《ひさ》しぶりだもんね。珍《めずら》しくて見《み》に来《き》たの？」

「にゃ～」

あたしは「ふふん」と、ローズに笑《わら》った。

『いいでしょう？　栄子《えいこ》ちゃんをひ・と・り・じ・め♪　よん』

すると、ローズは「けっ」という感《かん》じで憎《にく》まれ口《ぐち》を叩《たた》いた。

『いいから行《い》ってこい。落《お》ちてるお菓子《かし》とか変《へん》なもん食《く》って腹壊《はらこわ》すなよ』

『なによ、それ！　そんな意地汚《いじきたな》い真似《まね》しないわよ！』

あたしはぷいっと顔《かお》をそらして、ぐいぐいリードを引《ひ》っ張《ぱ》った。

『さ、行《い》きましょ。栄子《えいこ》ちゃん！』

「ちょっ、いきなりどうしたの？　わ、待《ま》って引《ひ》っ張《ぱ》らないで～」

ぐいぐい栄子《えいこ》ちゃんを引《ひ》っ張《ぱ》って、そのままあたしは散歩《さんぽ》へと出《で》かけていった。

ルンルンルン♪　ルンルンルン～♪

栄子《えいこ》ちゃんとのお散歩《さんぽ》は本当《ほんとう》に久《ひさ》しぶり。

あたしの足《あし》はステップを踏《ふ》むように軽《かろ》やかに進《すす》む。

見慣《みな》れた景色《けしき》なのに、今日《きょう》はとってもワクワクしちゃう。

いつも見《み》ているお空《そら》も、雲《くも》さんも、あと鳥《とり》さんも、みんなみんな特別《とくべつ》に見《み》えてくる。

「ちょっと、たんぽぽ。そんなに急《いそ》がないで。ゆっくり歩《ある》こうよ」

『でもでも、なんだか楽《たの》しくって勝手《かって》に進《すす》んじゃうの。この気持《きも》ちわかる？』

「わんわん！」

「ふふ、まあいいや。たんぽぽが楽《たの》しそうなら」

栄子《えいこ》ちゃんが笑顔《えがお》を見《み》せる。

（そうそう、楽《たの》しいのがいちばんよ♪）

「あ、ワンちゃん」

かわいい声《こえ》がして、ぱっとそちらを見《み》ると、そこには幼稚園《ようちえん》の帰《かえ》りなのか、水色《みずいろ》の制服《せいふく》を着《き》た幼《おさな》い女《おんな》の子《こ》が立《た》っていた。そばにはママもいる。

「かわいいね、ママ！」

女《おんな》の子《こ》はおめめをキラキラさせて、あたしを指《ゆび》さしている。

栄子《えいこ》ちゃんは母娘《おやこ》に笑顔《えがお》を向《む》けた。

「ワンちゃん気《き》になるのかな？」

「うん！　ワンちゃん好《す》き。さわってもいい？」

「こら、エマ。ダメよ。お姉《ねえ》さんの迷惑《めいわく》になるでしょ」

あわててママが止《と》め、

「すみません、うちの子《こ》が……」

と、恐縮《きょうしゅく》するけれど、栄子《えいこ》ちゃんは気《き》にしない様子《ようす》で、

「あ、全然大丈夫《ぜんぜんだいじょうぶ》ですよ。この子《こ》、とってもおとなしいですし、小《ちい》さい子《こ》にもやさしい性《せい》格《かく》なので。それに、なでなでされるの好《す》きなので大丈夫《だいじょうぶ》ですよ」

（そうそう、なでなで大好《だいす》き！）

あたしも尻尾《しっぽ》を振《ふ》って、「なでていいわよ」とアピールする。

「……いいんですか？」

「ええ」

栄子《えいこ》ちゃんはしゃがみこんで、女《おんな》の子《こ》――エマちゃんににっこり笑《わら》った。

それから、あたしの頭《あたま》に手《て》を伸《の》ばして、

「ほら、こうやってやさしく、なでなで」

と、やって見《み》せた。

すると、エマちゃんは小《ちい》さな手《て》を伸《の》ばして、

「いいこ、いいこ」

と、あたしの頭《あたま》をなでた。

ふふ、指《ゆび》が細《ほそ》くて小《ちい》さいからかしら。少《すこ》しくすぐったいわ。

『なでなでうれしい♪　ありがとう』

「ワンちゃん、かわいい。にこにこだ」

「本当《ほんとう》におとなしいですね。それに、きれいなワンちゃん。真《ま》っ白《しろ》い毛《け》も素敵《すてき》ですね」

とママが言《い》ったので、あたしの耳《みみ》がピンと立《た》った。

（そうなのよ！　よくぞ気《き》づいてくれました！）

「ありがとうございます。この子《こ》、紀州犬《きしゅうけん》っていって本来《ほんらい》、警戒心《けいかいしん》が強《つよ》くて人見知《ひとみし》りや犬《いぬ》見知《みし》り……？　が激《はげ》しいところもあるんですけど、この子《こ》は違《ちが》ったみたいで」

あらためて自分《じぶん》のことを説明《せつめい》されているのを聞《き》いて、あたしは、「へえ～」と思《おも》った。

（あらら、紀州犬《きしゅうけん》自体《じたい》は友《とも》だちができないタイプなんだ？　でも、あたしは違《ちが》うわよね。だって、栄子《えいこ》ちゃんや栄子《えいこ》ちゃんの家族《かぞく》と仲良《なかよ》しだもの♪　もちろん、ローズも！）

「そうなんですね、あら、もう帰《かえ》らないと。エマ、ワンちゃんにさよならして」

「うん、ワンちゃん、バイバイ」

「ありがとうございました」

ママが頭《あたま》を下《さ》げ、エマちゃんは小《ちい》さな手《て》を振《ふ》って、あたしたちとは反対《はんたい》の方向《ほうこう》へ歩《ある》き出《だ》す。

「いえいえ、エマちゃん、またね」

『またねー♪』

エマちゃんたちに尻尾《しっぽ》を振《ふ》って、あたしたちは散歩《さんぽ》を再開《さいかい》する。

と――しばらくしてから、栄子《えいこ》ちゃんがこう言《い》った。

「ねえ、ちょっと遠回《とおまわ》りしていいかな？」

（遠回《とおまわ》り？　別《べつ》にいいけど）

栄子《えいこ》ちゃんとたくさんお散歩《さんぽ》できるのは大歓迎《だいかんげい》！

いくらだって遠回《とおまわ》りしちゃう。

「よーし、それじゃ、久《ひさ》しぶりにあっちの道《みち》行《い》ってみよう」

（あっち？）

どこへ行《い》くつもりなんだろう？

栄子《えいこ》ちゃんの口《くち》ぶりからすると、目当《めあ》ての場所《ばしょ》があるみたいだけれど……。

（あ……ここは、もしかして）

栄子《えいこ》ちゃんが選《えら》んだ道《みち》は住宅街《じゅうたくがい》が密集《みっしゅう》している路地《ろじ》で、あたしも何度《なんど》か来《き》たことがある場所《ばしょ》だった。

そう、この道《みち》はローズが捨《す》てられていた空《あ》き地《ち》がある道《みち》——。

ローズは子猫《こねこ》の頃《ころ》、この通《とお》りにある空《あ》き地《ち》のど真《ま》ん中《なか》で、ボロボロの段《だん》ボール箱《ばこ》の前《まえ》で座《すわ》り込《こ》んでいたんだって。

体《からだ》はガリガリに痩《や》せていて、今《いま》にも命《いのち》の灯《ひ》が消《き》えそうな状態《じょうたい》だったらしい。

栄子《えいこ》ちゃんは、じいっとたたずむその姿《すがた》がとってもせつなくて、ずっと忘《わす》れられないって言《い》っていたっけ。

（栄子《えいこ》ちゃんがローズと出会《であ》った思《おも》い出《で》の場所《ばしょ》なのね……）

そんなことを考《かんが》えながら、住宅街《じゅうたくがい》を進《すす》んでいると。

「あれ？」

急《きゅう》に栄子《えいこ》ちゃんは立《た》ち止《ど》まった。

（どうしたの？）

「あんなところにドラッグストアあったっけ？」

（え？）

栄子《えいこ》ちゃんが指《ゆび》さした先《さき》、そこには新《あたら》しい建物《たてもの》が立《た》っていた。

大《おお》きな看板《かんばん》の明《あ》かりが、夕方《ゆうがた》の町《まち》の中《なか》でひときわ目立《めだ》っている。

「いつの間《ま》に？　え？　最近《さいきん》できたのかな？」

そのドラッグストアは、有名《ゆうめい》な全国《ぜんこく》チェーンのお店《みせ》で確《たし》か駅前《えきまえ》にもあったはずだ。

「まさか、こんな住宅街《じゅうたくがい》にできるとは……。まあ、でも土地《とち》も広《ひろ》かったし立地《りっち》もいいからな。いや、でもそうか……もう、あの空《あ》き地《ち》はないのか」

感慨深《かんがいぶか》げにつぶやく栄子《えいこ》ちゃんをあたしは見上《みあ》げた。

栄子《えいこ》ちゃん、ちょっとさみしそう……。

「なんだろう、時間《じかん》の流《なが》れを感《かん》じるなあ……。そうだよね、ここでローズを保護《ほご》したのはもう十年以上《じゅうねんいじょう》も前《まえ》だし……いつまでも空《あ》き地《ち》ってわけないもんね」

大切《たいせつ》な思《おも》い出《で》の場所《ばしょ》が大《おお》きく様変《さまが》わりしていたことに、栄子《えいこ》ちゃんはなんとも言《い》えないさみしさを感《かん》じているみたい。

あたしはそっと、栄子《えいこ》ちゃんの横顔《よこがお》を盗《ぬす》み見《み》た。

そういえば、栄子《えいこ》ちゃんもずいぶん大人《おとな》になったよね。

まぶたにはキラキラのアイシャドウを塗《ぬ》っていて、まつげはマスカラでくるんと長《なが》くて、ピンクのリップもお似合《にあ》いよ。

今《いま》じゃ、すっかり大人《おとな》のお姉《ねえ》さんでメイクもばっちりきまってる。

あたしが初《はじ》めて会《あ》ったときは、まだ中学生《ちゅうがくせい》であどけない雰囲気《ふんいき》だったのに、本当《ほんとう》に綺麗《きれい》になった。

（時《とき》の流《なが》れか……あたしもきっとあの頃《ころ》より変《か》わっているんだろうな）

そう思《おも》うと、あたしはなんだかしみじみしちゃった。

ちょっと胸《むね》がきゅっとなって涙《なみだ》がこぼれそうになるのは、街並《まちな》みの向《む》こうに沈《しず》んでいくオレンジ色《いろ》の夕陽《ゆうひ》のせいにしとこうかな。


「ただいまー」

『ただいまー』

「おう、お帰《かえ》り」

家《いえ》に戻《もど》ると、お父《とう》さんがちょうど帰宅《きたく》していて、廊下《ろうか》でネクタイをゆるめていたところだった。

「お父《とう》さん、やだ、白髪《しらが》増《ふ》えたんじゃない?」

「ひどいなあ、栄子《えいこ》、久《ひさ》しぶりに会《あ》ったら、これか」

その夜《よる》、栄子《えいこ》ちゃんたち家族《かぞく》は三人《さんにん》で食卓《しょくたく》を囲《かこ》むことになった。

お父《とう》さんは久《ひさ》しぶりに娘《むすめ》の顔《かお》が見《み》られてうれしかったらしく、いつもよりはしゃいだ感《かん》じでビールを飲《の》んでいる。

「栄子《えいこ》、ちょっと太《ふと》ったんじゃないのか？」

「やだ、お父《とう》さん、さっきのお返《かえ》し？　やめてよ。これでも気《き》にしてるんだから」

「お父《とう》さん、お酒《さけ》はほどほどにしてくださいよ。ひとり娘《むすめ》が久《ひさ》しぶりに帰《かえ》ってきて、うれしいのはわかりますけど。お酒《さけ》を結構《けっこう》飲《の》んだ日《ひ》は、いびきがうるさくてかなわないから」

「お母《かあ》さんは冷《つめ》たいなあ。キンキンに冷《ひ》えたビールより冷《つめ》たいよ！」

あらあら、今夜《こんや》は楽《たの》しそう。

栄子《えいこ》ちゃんのおかげで、あたしとローズにもお母《かあ》さんが奮発《ふんぱつ》して、とっておきの高級缶《こうきゅうかん》詰《づめ》を出《だ》してくれた。ごちそうさまです！

その夜《よる》は、栄子《えいこ》ちゃんは久《ひさ》しぶりに二階《にかい》にある自分《じぶん》の部屋《へや》に泊《と》まることになった。

「あたしのベッド〜〜。あ〜、落《お》ち着《つ》く〜〜」

部屋《へや》は栄子《えいこ》ちゃんがいつ帰《かえ》ってきてもいいように、お母《かあ》さんがそのままにしておいてくるから、ベッドも机《つくえ》もカーテンもすべて昔《むかし》のままだ。

「ふー……」

お風呂《ふろ》上《あ》がりの栄子《えいこ》ちゃんはパジャマ姿《すがた》でゴロンとベッドに横《よこ》になった。

栄子《えいこ》ちゃんがスマホを手《て》にＳＮＳ《エスエヌエス》のチェックをはじめて、すっかりくつろいでいると、

「にゃ～」

と、ローズがお気《き》に入《い》りの出窓《でまど》から、ポンッと栄子《えいこ》ちゃんのお腹《なか》の上《うえ》に乗《の》っかった。

「ちょっ……」

一瞬《いっしゅん》、栄子《えいこ》ちゃんが驚《おどろ》く。

けれどすぐにローズの背中《せなか》をなではじめて、うれしそうに目《め》を細《ほそ》めた。

「ローズ、ふふっ、どう？　久《ひさ》しぶりの私《わたし》のお腹《なか》は」

『栄子《えいこ》、少《すこ》し丸《まる》くなったか？　食《た》べすぎなんじゃねーのか』

『なっ！　レディに失礼《しつれい》よ』

思《おも》わず、床《ゆか》で寝《ね》ていたあたしは顔《かお》を上《あ》げる。

『本当《ほんとう》のことを言《い》ったまでだ』

『ふんっ、全然《ぜんぜん》っ乙女心《おとめごころ》をわかってないんだから』

『ふーん。まあいいけど、オレにとっては寝心地《ねごこち》がいいことには違《ちが》いない』

「あら、丸《まる》くなっちゃって。そんなにここが好《す》きなの♥」

(栄子《えいこ》ちゃん、違《ちが》うの……そういうことじゃなくて)

こんなとき、栄子《えいこ》ちゃんに言葉《ことば》が通《つう》じなくてよかったと思《おも》う。

でもまあ、なんだかんだ言《い》ってローズがこうしてリラックスしているのはうれしい。

素直《すなお》に甘《あま》えられるっていいことだもんね。

思《おも》わずニヤニヤとローズを見《み》ていると、栄子《えいこ》ちゃんが「そうだ!」と手《て》を叩《たた》いた。

「ふたりの写真《しゃしん》を撮《と》ろうと思《おも》ってたんだ」

(なんで?)

「かわいいふたりをSNS《エスエヌエス》に載《の》せたいんだ～」

(お～♪　いいねえ、あたしのことたくさん自慢《じまん》して♪)

あたしは小首《こくび》を傾《かし》げて、尻尾《しっぽ》をふりふり。

「ふふ、たんぽぽはわかってるねえ。さあ、いい顔《かお》してね。あ、ローズも一緒《いっしょ》に写真《しゃしん》撮《と》らせて」

『え……』

ローズはあからさまに嫌《いや》そうな顔《かお》をする。

『かんべんしてくれ』

そう言《い》って、するりと栄子《えいこ》ちゃんのお腹《なか》から飛《と》び降《お》りようとしたけれど、がしっと捕《つか》まえられてしまい、ローズはそのまま、あたしの横《よこ》に座《すわ》らされた。

「そうそう、そのまま。かわいいよ。ローズ、目線《めせん》こっちにちょうだい」

『ちっ、めんどくせー』

ローズはぷいっと顔《かお》をそらし、そのままパッと離《はな》れて窓際《まどぎわ》に行《い》ってしまった。

「ああっ、ちょっとローズ！　うーん、二匹《にひき》一緒《いっしょ》に撮《と》ろうと思《おも》ったのになあ」

そうよ、せっかく一緒《いっしょ》に写真《しゃしん》を撮《と》れるチャンスだったのに〜〜〜。

あたしは残念《ざんねん》で仕方《しかた》なくて、がっかりしてしまう。

「仕方《しかた》ない、別々《べつべつ》に撮《と》るかあ」

スマホのカメラを向《む》けられたあたしは、おすわりの状態《じょうたい》ですっと背筋《せすじ》を伸《の》ばし、ここいちばんの澄《す》まし顔《がお》をしてみせた。

『ふふん、どう？』

けっこう自信《じしん》あるのよ、五秒《ごびょう》ぐらいしかもたないけど。

次《つぎ》に、窓際《まどぎわ》のローズの写真《しゃしん》を撮《と》ると、栄子《えいこ》ちゃんはスマホを操作《そうさ》して、SNS《エスエヌエス》にアップした。

「おっ、早《はや》くも『いいね』がついた。綺麗《きれい》なワンちゃんとネコちゃんですね、だって。だよねー、うちのローズとたんぽぽはとびっきり綺麗《きれい》なのよ。特《とく》にローズの青《あお》い瞳《ひとみ》は宝石《ほうせき》みたいよね」

うんうん、そうよね。

あたしが内心《ないしん》うなずいていると、出窓《でまど》から、くりん、と長《なが》い尻尾《しっぽ》が揺《ゆ》れた。

（なあんだ、やっぱり、まんざらでもないんじゃないの）

ふふっ、こうしていると、昔《むかし》に戻《もど》ったみたい。

栄子《えいこ》ちゃんがいて、ローズがいて、あたしがいて……。

この日《ひ》の夜《よる》、あたしは下《した》のお部屋《へや》に戻《もど》らず、栄子《えいこ》ちゃんの部屋《へや》で眠《ねむ》りについた。

それはとっても、おだやかな時間《じかん》だった。


翌日《よくじつ》、栄子《えいこ》ちゃんはお昼《ひる》ご飯《はん》を食《た》べたあとに帰《かえ》ることになった。

「よし、これで忘《わす》れ物《もの》ないかな」

「あら、もう帰《かえ》るの？」

玄関《げんかん》で荷物《にもつ》の確認《かくにん》をしている娘《むすめ》に、お母《かあ》さんがさびしそうな顔《かお》をする。

それはそうよね、大好《だいす》きな娘《むすめ》だもの。少《すこ》しでも長《なが》く一緒《いっしょ》にいたいよね。

あたしだってそう。

もっともっと、一緒《いっしょ》にいたい。

なんだったら、あたしも連《つ》れていって……栄子《えいこ》ちゃんのそばにいたいよ。

「くうん……」

「もう、お母《かあ》さんも、たんぽぽもそんな顔《かお》しないで。また帰《かえ》ってくるから」

「それはそうだけど。もうちょっといてくれてもいいのに」

「ごめんね。明日《あした》、朝早《あさはや》いの。イベントの仕込《しこ》みもあるし」

「仕事《しごと》ならしょうがないわね。ね、たんぽぽ」

ええ、さみしいけど……。

ここで笑《わら》って見送《みおく》るのが家族《かぞく》ってものよね。

「そうだ、駅《えき》まで送《おく》るわ」

「え、いいのに」

「たんぽぽも別《わか》れがたいだろうし、散歩《さんぽ》がてらいいでしょ」

「わん！」

うんうん、お母《かあ》さん、ナイスアイデア。

駅《えき》まで見送《みおく》りに行《い》けば、その分《ぶん》、長《なが》く栄子《えいこ》ちゃんと一緒《いっしょ》にいられるものね。

「それじゃ、一緒《いっしょ》に行《い》こうか」

栄子《えいこ》ちゃんが笑顔《えがお》であたしの頭《あたま》をなでてくれた。

そうして、玄関先《げんかんさき》で栄子《えいこ》ちゃんにリードとハーネスをつけてもらっていると、ローズが二階《にかい》から下《お》りてきて、こっちを見《み》てきた。

『なんだ、栄子《えいこ》。もう帰《かえ》るのかよ』

「あ、ローズも見送《みおく》りに来《き》てくれたんだ、ありがとう。今度《こんど》帰《かえ》ってくるときは、もっとゆっくりしていくから。じゃあ、元気《げんき》でね」

そう言《い》うと、栄子《えいこ》ちゃんはローズに手《て》を振《ふ》った。

『しょうがねえな、気《き》をつけて帰《かえ》れよ』

ローズが返事《へんじ》のかわりに、長《なが》くてきれいな尻尾《しっぽ》をひと振《ふ》りする。

『お仕事《しごと》が忙《いそが》しいみたい。今《いま》から見送《みおく》りに行《い》ってくるね』

『おう』

ローズはぷいっと背《せ》を向《む》けて、二階《にかい》へ上《あ》がっていってしまった。

栄子《えいこ》ちゃんにリードを持《も》ってもらい、お母《かあ》さんとあたしは駅《えき》までお散歩《さんぽ》に出《で》た。

最寄《もよ》り駅《えき》までは徒歩十五分《とほじゅうごふん》くらい。

改札《かいさつ》の前《まえ》で栄子《えいこ》ちゃんはお母《かあ》さんにリードを渡《わた》した。

「それじゃ、あと五分《ごふん》で電車《でんしゃ》来《く》るから行《い》くね」

「栄子《えいこ》、身体《からだ》に気《き》をつけてね。どんなに忙《いそが》しくても、食事《しょくじ》はちゃんと摂《と》るのよ。あと水分《すいぶん》補給《ほきゅう》も忘《わす》れずに。あと、適度《てきど》に運動《うんどう》して夜更《よふ》かしとか――」

「あーあーあー。もうわかってるって。大丈夫《だいじょうぶ》だから、その辺《へん》のことは」

「ごめん、ごめん。つい心配《しんぱい》で」

「ありがとう。心配《しんぱい》してくれて。じゃあね、お母《かあ》さん」

「うん。気《き》をつけて」

「たんぽぽも、またね」

「わん！」

（またね、栄子《えいこ》ちゃん！　元気《げんき》でね）

「じゃあね」

手《て》を振《ふ》りながら改札《かいさつ》を抜《ぬ》け、構内《こうない》へと消《き》えていく栄子《えいこ》ちゃん。

あたしとお母《かあ》さんは、栄子《えいこ》ちゃんの姿《すがた》が見《み》えなくなるまで黙《だま》って見送《みおく》った。

そうして、完全《かんぜん》に姿《すがた》が見《み》えなくなると……。

「行《い》っちゃったわね」

少《すこ》しだけお母《かあ》さんの声《こえ》が元気《げんき》ない。

いつだって見送《みおく》る側《がわ》は、なんかせつないものなのよね……。

あたしもさみしい気持《きも》ちがあふれて、ちょっとだけ泣《な》きたい気分《きぶん》。

（でも、今回《こんかい》みたいに栄子《えいこ》ちゃんは仕事《しごと》の合間《あいま》にまた帰《かえ》ってきてくれるわよね。その日《ひ》まで元気《げんき》で待《ま》ってるからね）

けれど、これが栄子《えいこ》ちゃんの姿《すがた》を見《み》た最後《さいご》になるなんて、このときのあたしは思《おも》ってもいなかったの。

2. 大切《たいせつ》な宝《たから》もの

『ローズ、ただいまー』

駅《えき》から戻《もど》ってきて家《いえ》に上《あ》がると、あたしはそのまま二階《にかい》の栄子《えいこ》ちゃんの部屋《へや》へと向《む》かった。ローズに「栄子《えいこ》ちゃん、元気《げんき》に帰《かえ》って行《い》ったよ」って、教《おし》えてあげようかと思《おも》ったのだけれど……。

あらら、寝《ね》ちゃってる。

栄子《えいこ》ちゃんのベッドの上《うえ》でローズは丸《まる》くなっていた。

スースーと寝息《ねいき》を立《た》てて、気持《きも》ちよさそう。

最近《さいきん》のローズったら横《よこ》になってばっかりな気《き》がする。

起《お》きているのはごはんのときと、おトイレのときくらいかしら?

あとはこの部屋《へや》の出窓《でまど》か、栄子《えいこ》ちゃんのベッドの上《うえ》でゴロゴロしていることが多《おお》い。

そう言《い》えば、少《すこ》し前《まえ》にお母《かあ》さんとお父《とう》さんがこんなお話《はなし》をしていたっけ。

「ネコは年取《としと》ると寝《ね》てばかりらしいわよ。シニアになると二十時間《にじゅうじかん》も寝《ね》てるんですって」

「もともと、ネコはよく寝《ね》るから『寝子《ねこ》』っていう当《あ》て字《じ》があるらしいしな。年取《としと》ったら本当《ほんとう》に寝《ね》てばかりなのかも。いいなあ、俺《おれ》も寝《ね》ていたい」

「ふふ、私《わたし》も。猫《ねこ》みたいにのんびりしていたいわ～」

こんな感《かん》じで、冗談半分《じょうだんはんぶん》にふたりが会話《かいわ》していたっけ。

一日《いちにち》は二十四時間《にじゅうよじかん》だから、二十時間《にじゅうじかん》っていうと一日《いちにち》のほとんどを寝《ね》てることになるけれど、確《たし》かにローズはそのくらい寝《ね》ているかもしれない。

ローズはあたしより先《さき》に生《う》まれたから、本当《ほんとう》はもうだいぶ年《とし》を取《と》ってるのよね。見《み》た目《め》がすらりとしているから、昔《むかし》と変《か》わらない感覚《かんかく》で見《み》ちゃうけど。

（よく考《かんが》えたら、ローズのほうが年上《としうえ》だから、あたしより先《さき》に死《し》んじゃうの……？）

いつか訪《おとず》れるその日《ひ》のことを考《かんが》えてみたら、ぎゅ……と胸《むね》の奥《おく》が痛《いた》くなる。

（見《み》たくないなあ、ローズのそんな姿《すがた》――）

できれば、いつまでも元気《げんき》でローズとこの家《いえ》でしあわせに暮《く》らしていたいな。
あたしはローズのお昼寝《ひるね》の邪魔《じゃま》をしないように、そっと一階《いっかい》に下《お》りて、いつもの和室《わしつ》で日《ひ》の当《あ》たる犬用《いぬよう》のベッドでごろんと横《よこ》になった。

……ぽすっ。
なにかやわらかいものが落《お》ちてきた感触《かんしょく》に、あたしは目《め》を開《あ》けた。
（あれ……？）
いつのまにか、寝《ね》ていたみたい。
あら？　これは——。
（ぬいぐるみローズ！）
もしかしなくても、それは、ぬいぐるみローズだった。
あたしが小《ちい》さい頃《ころ》、大切《たいせつ》にしていた猫《ねこ》のぬいぐるみ！
（わあ、なつかしい）

これは、あたしの大切《たいせつ》な宝《たから》ものだった。

この家《いえ》にもらわれてきたばかりの頃《ころ》、ローズにつれなくされて沈《しず》んでいたあたしを見《み》かねて、栄子《えいこ》ちゃんが買《か》ってきてくれたぬいぐるみ。

白《しろ》い体《からだ》に青《あお》い目《め》の、ふかふかのぬいぐるみに寄《よ》り添《そ》っていると、落《お》ち着《つ》いた気持《きも》ちになって、よく眠《ねむ》れたっけ。

いつのまにか見《み》なくなったけど、どこにしまわれていたの？

『なつかしいだろ、それ』

ハッとして顔《かお》を上《あ》げると、ローズがそばにいた。

えっ、どういうこと？

『さっき、お母《かあ》さんが栄子《えいこ》のクローゼットから引《ひ》っ張《ぱ》りだして出窓《でまど》に置《お》いたんだ』

ローズの話《はなし》によると、栄子《えいこ》ちゃんの部屋《へや》を少《すこ》し片《かた》づけようと思《おも》ったお母《かあ》さんがクローゼットの整理《せいり》をしはじめて、奥《おく》に突《つ》っ込《こ》んであったぬいぐるみローズを見《み》つけたらしい。

「あら、こんなところにあったのね。……って、ちょっとカビ臭《くさ》い？　あらやだわ、日干《ひぼ》しないと～」

と言《い》いながら、出窓《でまど》に置《お》いていったんだって。

『そいつが出窓《でまど》にいたら邪魔《じゃま》でしょうがないから、持《も》ってきてやった』

ローズはそう言《い》ったけれど、

「わん♪」

きゃー、うれしい！

ローズのやさしさ、ちゃんと伝《つた》わってきたよ。

ぬいぐるみローズにまた会《あ》えたのもうれしいけど、ローズがあたしのためにわざわざ二《に》階《かい》から一階《いっかい》へ持《も》ってきてくれたのも、すごくうれしい！

『な、なんだよ、キラキラした目《め》で見《み》るなよ』

『だってだって、うれしいんだもん！』

『そ、そっか……なら、よかった』

きゃー、照《て》れたローズの顔《かお》、久《ひさ》しぶりに見《み》ちゃった！

うふふのふー。

このぬいぐるみはね、ローズと仲良《なかよ》くなったきっかけになったものなの。

あたしがぬいぐるみローズをとっても大事《だいじ》にしていたある日《ひ》、急《きゅう》になくなってしまったことがあったの。

縁側《えんがわ》で干《ほ》してあったぬいぐるみを近所《きんじょ》の子《こ》どもが持《も》って行《い》ってしまったらしくて、それをたまたま目撃《もくげき》したローズが追《お》いかけて取《と》り戻《もど》してくれて――。

当時《とうじ》のローズはお外《そと》に行《い》くのが怖《こわ》かったのだけれど、あたしのために勇気《ゆうき》を振《ふ》り絞《しぼ》って取《と》り戻《もど》しに行《い》ってくれたのよ。

ふふっ、今《いま》、思《おも》い出《だ》すだけでもうれしくなっちゃう♪

大好《だいす》きなローズがあたしのために……♥

きゃあああ、なんてしあわせな思《おも》い出《で》なの！

（あっ、いけない）

あたしったら思《おも》い出《で》に浸《ひた》りすぎてしまったわ。

『……おまえ、さっきから気持《きも》ち悪《わ》りィぞ』

『ごめんごめん、でも、本当《ほんとう》にありがとう』

『……お礼《れい》なら、それを捨《す》てなかった栄子《えいこ》に言《い》うんだな』

『栄子《えいこ》ちゃんに？』

『あんまりボロボロになったから、お母《かあ》さんが捨《す》てようとしたのを、栄子《えいこ》が反対《はんたい》しておまえのために取《と》っといたんだ』

『そうだったの？』

あたしはぬいぐるみローズを、じっと見《み》つめた。

確《たし》かに見《み》た目《め》はボロボロだし、毛玉《けだま》だらけだし、正直言《しょうじきい》ってきれいとは言《い》えない。

真《ま》っ白《しろ》だった体《からだ》も、うっすらベージュっぽい色《いろ》になって汚《きたな》い……じゃなかった、味《あじ》わい深《ぶか》いし……。

『ふふっ、捨《す》てられなくてよかったね、ぬいぐるみローズ』

思《おも》い出《で》がいっぱいつまった、宝《たから》ものだってわかってくれていたんだわ。

さすが、栄子《えいこ》ちゃん！
あたしは寝《ね》そべって、昔《むかし》のようにぬいぐるみローズにあごを載《の》せた。
（昔《むかし》もよくこうしてた……なんだか、なつかしいわ）
あら？　なんだか小《ちい》さくなったみたい。
あ、あたしが大《おお》きくなったのか。

3．お見舞《みま》いのお花《はな》

シトシトと雨《あめ》が降《ふ》っている。
今日《きょう》で何日目《なんにちめ》だろう？
あたしはなかなかお散歩《さんぽ》に行《い》けなくて、恨《うら》めし気《げ》にリビングからお空《そら》を眺《なが》めた。

テレビではお天気《てんき》お兄《にい》さんが渋《しぶ》い顔《かお》で「今年《ことし》の梅雨《つゆ》は長引《ながび》く見通《みとお》しです」なんて言《い》っていて、ため息《いき》が出《で》ちゃう。

「はあ……。雨嫌《あめいや》だわ。こう長引《ながび》くとお洗濯《せんたく》ものもたまってしまうし、気圧《きあつ》がねえ」

そういって、ソファに座《すわ》っていたお母《かあ》さんもため息《いき》をついた。

そうよね！　あたしも雨好《あめす》きじゃない。お母《かあ》さんと一緒《いっしょ》よ！

それに、雨《あめ》の日《ひ》はなんだか眠《ねむ》いし……。

「ふわあっ」

思《おも》わずあくびが出《で》たとき、リビングの電話《でんわ》が鳴《な》って、お母《かあ》さんが電話《でんわ》に出《で》た。

相手《あいて》はご近所《きんじょ》の山上《やまがみ》さんらしく、お母《かあ》さんの声《こえ》が一気《いっき》に明《あか》るくなる。

「あら、久《ひさ》しぶり。どうしたの？　へえ、そうなの、旅行《りょこう》ねえ」

世間話《せけんばなし》がはじまり、どんどん話題《わだい》が変《か》わっていくのがわかった。

(山上《やまがみ》さん、とってもおしゃべり好《ず》きなのよね)

たまにお散歩《さんぽ》のときに会《あ》うけど、お母《かあ》さんと三十分《さんじっぷん》は立《た》ち話《ばなし》してるもの。

きっとこの電話《でんわ》も、長電話《ながでんわ》になるだろう。

そう思《おも》っていると、

「気圧《きあつ》のせいかしら。頭《あたま》が重《おも》いっていうか……なんでか、しゃっきりしないのよ」

『わかるわ〜〜〜。私《わたし》も同《おな》じよ、飯山《いいやま》さんだけじゃないわ』

「これが更年期《こうねんき》ってヤツかしら?」

『あら、そうかもしれないわね。漢方薬《かんぽうやく》がいいって話《はなし》よ』

「じゃあ、今度《こんど》、買《か》ってこようかしら」

ふーん、「こーねんき」っていうものがあるのね。

じゃあ、あたしの体《からだ》がだるいのも、その「こーねんき」のせいかしら。

(あたしも、もう歳《とし》だし……)

あんまり考《かんが》えたくないけど、生《う》まれてから十年《じゅうねん》ちょっと経《た》っているし。

前《まえ》に、お母《かあ》さんがネットで犬《いぬ》の年齢表《ねんれいひょう》を見《み》ていたことがあって、それによると、あたしは人間《にんげん》でいうと、「ちゅーこーねん」に当《あ》たるらしい。

「あらやだ、たんぽぽのほうが私《わたし》より年上《としうえ》になっちゃうわね」

とも言《い》っていた。

お母《かあ》さんより年上《としうえ》になるっていうのが、どうもピンとこないんだけど。

そういえば、この前《まえ》、テレビでこういうことも言《い》っていたわ。

『熟女《じゅくじょ》』

お母《かあ》さんやあたしは、熟女《じゅくじょ》に当《あ》てはまる年齢《ねんれい》なんじゃないかしら。

そのとき、テレビの画面《がめん》にはお色気《いろけ》たっぷりの女性《じょせい》が映《うつ》っていたから、少《すこ》し違《ちが》うかもしれないけど。

とにかく、最近《さいきん》、体《からだ》がだるい理由《りゆう》がわかったわ。

きっと、こーねんきなのよ、あたし。

犬用《いぬよう》の薬《くすり》はないのかしら。

でも、できればあんまり苦《にが》くない薬《くすり》がいいな。

ときどき動物病院《どうぶつびょういん》でもらったお薬《くすり》を飲《の》むことがあるけど、あれ、おいしくないんだもの。

しとしと雨《あめ》が降《ふ》っているお空《そら》を見《み》ながら、あたしは今日《きょう》も窓辺《まどべ》に寝《ね》そべっていた。

(今日《きょう》もお散歩《さんぽ》はおあずけね)

残念《ざんねん》だけれど、しかたない。

だって、雨《あめ》に濡《ぬ》れるし、それにお母《かあ》さんが危《あぶ》ないもの。

実《じつ》は数《かず》か月前《げつまえ》、お母《かあ》さんが雨《あめ》の日《ひ》に無理《むり》してあたしを散歩《さんぽ》に連《つ》れて行《い》ってくれた日《ひ》があったの。

だけど、ある公園《こうえん》の階段《かいだん》で滑《すべ》って転《ころ》んでしまって……。

あのとき、お母《かあ》さんは手《て》をついて階段《かいだん》から転《ころ》げ落《お》ちずに済《す》んだけれど、手首《てくび》をちょっと捻挫《ねんざ》してしまったのよね。

しばらくの間《あいだ》、湿布《しっぷ》を貼《は》っていたのを覚《おぼ》えているわ。

とにかく、あれ以来《いらい》、お母《かあ》さんは無理《むり》をしなくなった。

あたしも、お母《かあ》さんが怪我《けが》をするくらいなら、おでかけしないほうがいいと思《おも》ったから催促《さいそく》をしなくなった。

それに、あたしは玄関《げんかん》に設置《せっち》されたおトイレでもできるから大丈夫《だいじょうぶ》。

(…………………)

ただ、あのおトイレ、ひとつだけ欠点《けってん》があるのよね。

ある雨《あめ》の日《ひ》、あたしがおとなしく玄関《げんかん》でおトイレをしていたら……。

『あ』

タイミングの悪《わる》いことに、二階《にかい》からローズが下《お》りてきて、目《め》が合《あ》ったことがあったの。

『………』

『ローズのばかあ……えっち!』

『ばかはどっちだ~~~! オレさまが下《お》りてくるときにトイレなんかしてんじゃねーよ』

ローズはそう言《い》い捨《す》てて、たたた~っと、二階《にかい》へ戻《もど》っていった。

ひどい言《い》い方《かた》に傷《きず》ついたあたしは、

『ローズのばかあ!』

って、三日《みっか》ぐらいは恨《うら》みに思《おも》っていたっけ。


それから数日後《すうじつご》。

梅雨《つゆ》の晴《は》れ間《ま》に、久《ひさ》しぶりの散歩《さんぽ》に出《で》る機会《きかい》があった。

「よかった、今日《きょう》はお散歩《さんぽ》に行《い》けるわね」

「……わん!」

あたしはうれしくって、はりきってお散歩《さんぽ》に出《で》たのだけれど……。

お家《うち》を出《で》てから十分《じっぷん》もしないうちに異変《いへん》が起《お》きた。

(あ、あれ……?)

夕方《ゆうがた》だけど、夏至《げし》が近《ちか》いから、まだ空《そら》が明《あか》るい。

町《まち》の上《うえ》には、きれいな空《そら》が広《ひろ》がっている。

きれいな空《そら》を見《み》ながら、お散歩《さんぽ》できてうれしいはずなのに。

「……ハッ、ハッ……ハッ、ハッ……ハッハッ……」

あれ？　なんか変《へん》。

体《からだ》が急《きゅう》にだるい。

息《いき》が勝手《かって》に切《き》れる。

「あらあら？　どうしたの」

お母《かあ》さんは心配《しんぱい》そうにあたしを見《み》つめてくる。

お母《かあ》さん、なんか変《へん》なの。

息《いき》が苦《くる》しくて……。

「……ハッ、ハッ……ハッ、ハッ……ハッハッ……」

「どうしたの？　もう疲《つか》れちゃった？　ちょっと待《ま》ってね、今《いま》、お水《みず》を飲《の》ませてあげるわ」

お母《かあ》さんが携帯《けいたい》していたウォーターボトルで、水《みず》を飲《の》ませようとしてくれた。

でも、あたしは、ぴちゃぴちゃ、と舌《した》を湿《しめ》らせたくらいで疲《つか》れてしまって、すぐに飲《の》むのをやめてしまった。

「ハッ、ハッ……ハッハッ……」

「本当《ほんとう》にどうしたの？　たんぽぽ、大丈夫《だいじょうぶ》？」

「……ハッ、ハッ……ハッハッ……」

お水《みず》を飲《の》みたいのに……なんでうまくできないの？

「暑《あつ》いし、夏《なつ》バテかしら……？」

そうか……夏《なつ》バテかあ。

確《たし》かに、だるくて、思《おも》うように体《からだ》が動《うご》かないもの。

足《あし》も重《おも》いし、もう歩《ある》けない。

「あら、座《すわ》りこんじゃった。本当《ほんとう》にどうしちゃったの？　ほら、歩《ある》ける？」

「くうん……」

「あらら……困《こま》ったわね」

ごめんね、お母《かあ》さん。

なんでか足《あし》が動《うご》かないの。

「たんぽぽ？」

「……ハッハッ……ハッ……ハッ……」

「大変《たいへん》！　たんぽぽ、しっかりして！」

お母《かあ》さんは急《いそ》いであたしを抱《だ》っこしてくれた。

ごめんね、体重重《たいじゅうおも》いのに……。

（ごめんね、お母《かあ》さん……ごめん）

あたしは情《なさ》けなくなって、お母《かあ》さんの腕《うで》の中《なか》で小《ちい》さくなった。

お母《かあ》さんはだんだん早足《はやあし》になっていく。

「お、お医者《いしゃ》さん……確《たし》か、こっちだったわね」

いくつか角《かど》を曲《ま》がっていくと、注射《ちゅうしゃ》や検診《けんしん》などでいつもお世話《せわ》になっている動物病院《どうぶつびょういん》の前《まえ》にたどり着《つ》いた――のだけど。

「あらやだ、休診日《きゅうしんび》……？　そんな……」

運悪《うんわる》く、お医者《いしゃ》さんがお休《やす》みの日《ひ》だったみたい。

「ど、どうしましょう……。あー……でも、このままじゃ……」

おろおろしながら、お母《かあ》さんはあたしを抱《かか》え直《なお》してまた歩《ある》きだした。

(どこへ行《い》くの……?)

歩《ある》いていける範囲《はんい》に、ほかに動物病院《どうぶつびょういん》なんてあったかしら?

「はっ、はっ……はっ……」

お母《かあ》さんも息《いき》が上《あ》がって苦《くる》しそう。きっと「こーねんき」のせいだわ。

「ご、ごめん……暑《あつ》いし、いったん家《いえ》に帰《かえ》りましょうか」

「……くぅん」

家《いえ》に戻《もど》ると、お母《かあ》さんはすぐにあたしをいつもの犬用《いぬよう》のベッドに寝《ね》かせてくれて、冷房《れいぼう》をつけてくれた。

「すぐに涼《すず》しくなるから。大丈夫《だいじょうぶ》よ、お母《かあ》さんがそばについているからね」

(うん……ありがとう、お母《かあ》さん)

「ハッハッハッ……」

「落《お》ち着《つ》いたら、お水《みず》、飲《の》めるかしら?」

お母《かあ》さんが心配《しんぱい》して、やさしく頭《あたま》をなでてくれる。

「あ、そうだわ！　この前《まえ》、お父《とう》さんが買《か》ってきた新《あたら》しいドッグフードがあるのよ。それを食《た》べると水分補給《すいぶんほきゅう》にもなって、ワンちゃんの夏《なつ》バテ予防《よぼう》になるんですって。ちょっと待《ま》ってて」

お母《かあ》さんはあわてて部屋《へや》から出《で》ていき、数分後《すうふんご》に戻《もど》ってきた。

（あら、いい匂《にお》い……）

あたし専用《せんよう》のお皿《さら》に盛《も》られているのは、ペースト状《じょう》のドッグフードだった。

『おいしそー♡』

と思《おも》って、食《た》べはじめたものの、お皿《さら》に盛《も》られた半分《はんぶん》も食《た》べられなかった。

でも、お母《かあ》さんはホッとしたようで、

「……よかった、少《すこ》しでも食《た》べてくれて」

と微笑《ほほえ》んだ。

「お父《とう》さんが帰《かえ》ってきたら、夜《よる》もやっている動物病院《どうぶつびょういん》に連《つ》れていってもらいましょうね。

ごめんね、お母《かあ》さんが免許《めんきょ》を持《も》ってないから、すぐに連《つ》れていってあげられなくて」

お母《かあ》さん、こちらこそ、ごめんね。

そんな悲《かな》しい顔《かお》をされたら、あたし、もっと悲《かな》しくなっちゃう……。

そのあと、お母《かあ》さんが連絡《れんらく》したら、お父《とう》さんは〝早引《はやび》き〟っていう技《わざ》（？）を使《つか》って、定時《ていじ》より一時間《いちじかん》早《はや》く上《あ》がって急《いそ》いで帰《かえ》ってきてくれた。

「たんぽぽは？　大丈夫《だいじょうぶ》なのか？」

「ええ、さっきよりだいぶ落《お》ち着《つ》いているわ」

「よく考《かんが》えたら、たんぽぽもいい歳《とし》だしなあ。急《きゅう》に体調悪《たいちょうわる》くなることもあるよな。よし、すぐに行《い》こう」

お父《とう》さんまで……あたしのために、ありがとう。

（犬用《いぬよう》のこーねんきのお薬《くすり》、あるといいなあ……）

あたしはお父《とう》さんの運転《うんてん》する車《くるま》に乗《の》って、隣町《となりまち》にある動物病院《どうぶつびょういん》に連《つ》れていってもらった。

「こんばんは、美人《びじん》なワンちゃんですね」

初《はじ》めて会《あ》った若《わか》い男《おとこ》の先生《せんせい》が、あたしを見《み》るなり、こう言《い》ってくれた。

あら、見《み》る目《め》あるじゃない、この先生《せんせい》。

あなたもなかなかイケメンよ。ローズには敵《かな》わないけど。

「今日《きょう》はどうしましたか？」

「実《じつ》は夕方《ゆうがた》の散歩《さんぽ》に出《で》たときに――……」

お母《かあ》さんが説明《せつめい》すると、先生《せんせい》はうなずきながら聞《き》いてくれ、時間外診察《じかんがいしんさつ》ということで、とりあえず点滴《てんてき》を打《う》ってくれた。

「お話《はなし》を聞《き》くと、少《すこ》し脱水症状《だっすいしょうじょう》を起《お》こしていたみたいですね。今《いま》は落《お》ち着《つ》いているようでよかったですが」

「明日《あした》は行《い》きつけの病院《びょういん》が開《ひら》いていると思《おも》うので、連《つ》れていきます」

「そうしたら、念《ねん》のため、検査《けんさ》してもらってくださいね」

「はい、ありがとうございました」

お母《かあ》さんが会計《かいけい》をしている間《あいだ》、あたしはお父《とう》さんに抱《だ》っこされて先《さき》に車《くるま》に乗《の》った。

点滴《てんてき》って思《おも》ったより時間《じかん》がかかって疲《つか》れちゃった。

後部座席《こうぶざせき》で、あたしは寝《ね》そべる。

「ふー……とりあえず、ひと安心《あんしん》だな。ホッとしたら、腹減《はらへ》った」

とたんに運転席《うんてんせき》に座《すわ》ったお父《とう》さんのお腹《なか》が、ぐーきゅるる……と鳴《な》ったので、あたしの耳《みみ》が思《おも》わずピンと立《た》った。

バックミラーでそれを見《み》ていたお父《とう》さんが「ははは」と笑《わら》う。

「うわ、カッコ悪《わる》いところを見《み》られたな。たんぽぽ、お母《かあ》さんには内緒《ないしょ》だぞ」

あたしは尻尾《しっぽ》を振《ふ》って「りょーかい」とお返事《へんじ》する。

ふふっ、お父《とう》さん、かわいいところがあるじゃないの。ローズには敵《かな》わないけど……って、あたし、どれだけローズのことが好《す》きなのよ。自分《じぶん》でもあきれちゃう。

（そう言《い》えば、ローズはどうしてるんだろ？）

あたしたちがいなくて心配《しんぱい》してないかしら。

翌日《よくじつ》の朝《あさ》、あたしはお父《とう》さんが出勤《しゅっきん》していく物音《ものおと》で目《め》が覚《さ》めた。
ふすまの向《む》こうから、お父《とう》さんとお父《とう》さんを見送《みおく》るお母《かあ》さんの声《こえ》が聞《き》こえる。
「本当《ほんとう》に大丈夫《だいじょうぶ》か？　お母《かあ》さんひとりで病院《びょういん》に連《つ》れていけるのか？」
「大丈夫《だいじょうぶ》よ。行《い》ってらっしゃい、あとでちゃんと連絡《れんらく》するから」
お父《とう》さん、心配《しんぱい》かけてごめんね。あとでちゃんとお医者《いしゃ》さんに行《い》くからね。
動物病院《どうぶつびょういん》が開《ひら》く時間《じかん》まで、また少《すこ》し休《やす》みましょ。
あたしがまた目《め》をつぶって、うつらうつらと過《す》ごしていると……。
『……おい……たんぽぽ……た……おい』
『あれ？　なんか声《こえ》が』
『おい、生《い》きてるかー？』
『え……？』
はっと気《き》がつくと、窓辺《まどべ》で寝《ね》ているあたしをのぞき込《こ》んでいるローズがいた。
『大丈夫《だいじょうぶ》か？』

『まあ、ローズ、どうしたの？　一階《いっかい》まで下《お》りてくるなんて、珍《めずら》しいわね』
わざわざ、あたしの様子《ようす》を見《み》にきてくれたのかしら。
そうだとしたら、うれしいけど。
『最近《さいきん》、二階《にかい》に上《あ》がってこないから。様子見《ようすみ》に来《き》た。腹《はら》の調子《ちょうし》でも悪《わる》いのか？』
『……お腹《なか》っていうより、体《からだ》がだるいの』
『そうなのか』
ローズは困《こま》った顔《かお》になった。
『……どっか、ふみふみしてやろうか？』
『ふ、ふみふみ？』
『腰《こし》とか、もんでやろうかって言《い》ったんだよ』
『……ぷっ』
久《ひさ》しぶりに笑《わら》っちゃった。
ローズが「ふみふみ」って……ぷぷっ。

『やめてよ、そんな柄《がら》じゃないでしょ、ローズは』
『なんだよ。こっちがせっかく親切《しんせつ》に言《い》ってやってんのによ』
ローズはぷいっと回《まわ》れ右《みぎ》をして、部屋《へや》から出《で》て行《い》ってしまった。
『ま、待《ま》ってよ……』
そんなに怒《おこ》らせちゃった？
あたしの何気《なにげ》ない軽口《かるくち》が、ローズを傷《きず》つけちゃったのかな……。
あの様子《ようす》だとしばらくは二階《にかい》から下《お》りてきてくれなさそう。
体《からだ》がだるいから、こっちから上《あ》がっていくのは無理《むり》だし……。
（ローズ……ごめんね。そんなに怒《おこ》らないでよ）
あたしは心《こころ》のなかでローズにあやまりながら、うとうとと眠《ねむ》りに落《お》ちた。
次《つぎ》に気《き》がつくと、たんぽぽの花《はな》が一輪《いちりん》、目《め》の前《まえ》に置《お》いてあった。
その近《ちか》くに土《つち》で汚《よご》れたネコの足跡《あしあと》。

もしかして、ローズが庭《にわ》で摘《つ》んでくれたの？　たんぽぽを？

うちの庭《にわ》のたんぽぽは、一年中《いちねんじゅう》咲《さ》いている。

春《はる》だけなのかと思《おも》っていた栄子《えいこ》ちゃんがある日《ひ》、ネットで調《しら》べて見《み》たら、西洋《せいよう》たんぽぽっていう種類《しゅるい》なんだってわかった。

これ、お見舞《みま》いのお花《はな》かな？

……ローズ、あたしのために外《そと》に出《で》てくれたの？

昔《むかし》、ぬいぐるみローズを取《と》り戻《もど》しに行《い》ってくれたローズは、それ以来《いらい》、外《そと》に出《で》るのは大《だい》丈夫《じょうぶ》になった。

でも、だからと言《い》って、めったに外《そと》に出《で》ることはなくって。

そう考《かんが》えると、外《そと》に出《で》たのは何年《なんねん》ぶりなのかしら。

（ローズ、ありがと……）

ローズは窓辺《まどべ》で丸《まる》くなって眠《ねむ》っていた。

本当《ほんとう》は栄子《えいこ》ちゃんの部屋《へや》のベッドの上《うえ》か、出窓《でまど》でひなたぼっこをするのがお気《き》に入《い》りなのに、あたしのことを心配《しんぱい》して、そばにいてくれたのかな。

『さっきは、ひどいこと言《い》ってごめんね』

すると、ローズが立《た》ち上《あ》がって「ん〜〜〜」と伸《の》びをした。

あら、起《お》きてたみたい。

『なんか言《い》ったっけ？　覚《おぼ》えてねえなあ』

ローズはあたしから目《め》をそらして、とぼける。

『元気《げんき》だせよ。今《いま》からこんなんじゃ、夏《なつ》を乗《の》り切《き》れないぞ』

『うん、そうだね……』

『外《そと》、見《み》えるか？』

『え……？』

『おまえが前《まえ》に言《い》ってたんだろ、この空《そら》は、離《はな》れ離《ばな》れになった、お母《かあ》さんやお姉《ねえ》ちゃんと
つながってるって。だから見上《みあ》げると元気《げんき》になるって』

……やだ、そんなこと覚《おぼ》えてたの。

自分《じぶん》で言《い》った言葉《ことば》だけど、改《あらた》めて聞《き》くと、なんだかすごく恥《は》ずかしい。
『……そうだね』
あたしはつぶやいて、庭《にわ》のたんぽぽを眺《なが》める。
たんぽぽは元気《げんき》に葉《は》を広《ひろ》げ、お空《そら》に向《む》かって花《はな》を咲《さ》かせている。
可憐《かれん》でかわいい黄色《きいろ》のお花《はな》。
(いいなあ、あたしもああやって元気《げんき》いっぱいに太陽《たいよう》を浴《あ》びたいなあ……)
『おまえ、今日《きょう》、病院《びょういん》に行《い》くんじゃなかったのか』
『うん、そろそろ出《で》かけると思《おも》う』
『で？　どこが悪《わる》いんだよ？』
『どこって言《い》われても……こーねんき？　夏《なつ》バテ？』
『は？　人間《にんげん》みたいなこと言《い》ってんじゃねーよ』
『そんなふうに言《い》われても〜〜〜』
あたしが困《こま》った顔《かお》をしていると、玄関《げんかん》ドアの開閉音《かいへいおん》が聞《き》こえた。

（お母《かあ》さん、出《で》かけてたの？）

あたしたちがうたた寝《ね》している間《あいだ》に、ちょっと外《そと》に行《い》ってたみたい。

どこに行《い》ってたのかしら。

お母《かあ》さんが首《くび》にかけたタオルで汗《あせ》を拭《ふ》き拭《ふ》き、ふすまを開《あ》けた。

「たんぽぽー、お医者《いしゃ》さんに行《い》く時間《じかん》よ……って、あら、ローズと一緒《いっしょ》だったの？　たんぽぽのことが心配《しんぱい》でそばにいてくれたのね、ありがとう」

『ま、まあな』

お母《かあ》さんにお礼《れい》を言《い》われ、ローズが照《て》れたようにしっぽをひと振《ふ》りする。

「よし。それじゃ、たんぽぽ、玄関《げんかん》まで出《で》られるかしら」

お母《かあ》さんが介助《かいじょ》してくれて、あたしは立《た》ち上《あ》がった。

足《あし》は思《おも》うように動《うご》いてくれないけれど、お母《かあ》さんに支《ささ》えられながらあたしはなんとか玄《げん》関《かん》まで行《い》くことができた。

玄関《げんかん》に行《い》くと、そこには見覚《みおぼ》えのないものが置《お》いてあって、あたしは思《おも》わずお母《かあ》さんの顔《かお》を見《み》てしまった。

これ、なあに？

おおきなベビーカーみたいなもの？

きょとんとしているあたしに、お母《かあ》さんはニコリと笑《わら》って説明《せつめい》してくれた。

「これはペットカート。動物病院《どうぶつびょういん》まで行《い》って借《か》りてきたの」

ああ、そうかこれは……。

何年《なんねん》か前《まえ》に、栄子《えいこ》ちゃんとお散歩《さんぽ》に行《い》ったときに見《み》たことがあるわ。

あのときは、柴犬《しばいぬ》を二匹《にひき》乗《の》せていたっけ。

確《たし》かに楽《らく》ちんなんだろうけど、自分《じぶん》の足《あし》で歩《ある》いたほうがお散歩《さんぽ》は楽《たの》しいのにな〜って、
あのときは思《おも》った。

けど、今《いま》は、きっと今《いま》のあたしみたいに歩《ある》くのが難《むずか》しい犬《いぬ》にとって必要《ひつよう》なものだったん
だってことがわかった。

「これがあれば、あなたが歩《ある》かなくても病院《びょういん》まで連《つ》れていけるでしょ。さあ、乗《の》れるかし

ら」
うん、これくらいの高《たか》さなら大丈夫《だいじょうぶ》。
あたしはお母《かあ》さんに補助《ほじょ》してもらって、カートに乗《の》り込《こ》んだ。
カートはあたしが入《はい》っても充分広《じゅうぶんひろ》さがあって、あんまりストレスは感《かん》じない。
それに、周《まわ》りがちゃんと見《み》えるようにメッシュになっているから怖《こわ》いこともなかった。
「じゃあ、ローズ。お留守番《るすばん》しててね。行《い》ってきまーす」
『行《い》ってきます』
『おう、行《い》ってこい』
お母《かあ》さんが扉《とびら》を閉《し》める瞬間《しゅんかん》、ローズが眠《ねむ》そうにあくびをひとつしたのが見《み》えた。
(あたしのことを心配《しんぱい》して、眠《ねむ》いのに無理《むり》してたのかな?)
ふふっ、ひねくれものだけど、本当《ほんとう》はやさしいの、知《し》ってるんだ。
体《からだ》はつらいけど、心《こころ》はあたたかくて、あたしはしあわせだった。

動物病院《どうぶつびょういん》に着《つ》くと、少《すこ》し待《ま》っただけですぐに診察室《しんさつしつ》に通《とお》された。お母《かあ》さんがペットカートを借《か》りに来《き》たときに、予約《よやく》しておいたらしい。

「相変《あいか》わらず、白《しろ》くて綺麗《きれい》ねー」

診察台《しんさつだい》の上《うえ》に載《の》せられたあたしの体《からだ》を、お医者《いしゃ》さんがやさしくなでてくれる。

ふふっ、先生《せんせい》も昔《むかし》からきれいで美人《びじん》よ。

「昨日《きのう》はうちがお休《やす》みでごめんなさいね。でも、隣町《となりまち》の動物病院《どうぶつびょういん》で点滴《てんてき》を打《う》ってもらったって聞《き》いて、先生《せんせい》、少《すこ》し安心《あんしん》したわ。たんぽぽちゃん、ちゃんと検査《けんさ》しましょうね」

それから、あたしはあちこちさわられたり、血液《けつえき》の検査《けんさ》をするために、注射器《ちゅうしゃき》で血《ち》を抜《ぬ》かれたりした。

(う……)

針《はり》がちくっとするの、ちょっと苦手《にがて》。

でも、もう子《こ》どもじゃないんだし、がまんしなきゃね。

そうして、診察《しんさつ》を終《お》え——。

しばらく待合室《まちあいしつ》で待《ま》っていると、お母《かあ》さんが先生《せんせい》に呼《よ》ばれてお話《はなし》を聞《き》くことになった。

あたしは床《ゆか》の上《うえ》でおとなしく横《よこ》になっていた。

ひんやりと冷《つめ》たい床《ゆか》が気持《きも》ちよくて、あたしはいつのまにかうつらうつらと眠気《ねむけ》が襲《おそ》ってきて……。

「今《いま》から手術《しゅじゅつ》をしても……。それにもう歳《とし》なので、そっとしておいてあげたほうが……」

「……わかりました」

断片的《だんぺんてき》に聞《き》こえてくる声《こえ》にあたしはぴくぴくっと耳《みみ》を動《うご》かした。

思《おも》ったよりも、あたしの状態《じょうたい》は悪《わる》いのね……。こーねんき、じゃなかったみたい。

「今日《きょう》は点滴《てんてき》をして帰《かえ》ってください。あと、お薬《くすり》を出《だ》すので、それでしばらく様子《ようす》を見《み》てくださいね」

「……はい、ありがとうございます」

お母《かあ》さんの声《こえ》は明《あき》らかに落《お》ち込《こ》んでいた。

ごめんね、お母《かあ》さん。

あたしが悲《かな》しませちゃってるんだね……。

どうしたら、あたしはお母《かあ》さんを笑顔《えがお》にできる？


点滴《てんてき》を打《う》ってもらってから帰宅《きたく》すると、お母《かあ》さんはあたしの部屋《へや》にお布団《ふとん》を敷《し》きだした。

『？』

「今日《きょう》からたんぽぽのお部屋《へや》で寝《ね》ようと思《おも》うの」

うれしい。一緒《いっしょ》に寝《ね》てくれるの？

「体調《たいちょう》の変化《へんか》にも気《き》づけるし、あなたが苦《くる》しいときにすぐ対応《たいおう》できるでしょ」

ありがとう、お母《かあ》さん。

なんだかあたし、赤《あか》ちゃんに戻《もど》ったみたい。

もうあまり記憶《きおく》にないけれど、あたしがまだ子犬《こいぬ》の頃《ころ》、お姉《ねえ》ちゃんと一緒《いっしょ》にママの近《ちか》くにいたの。おっぱいを飲《の》んだり、体《からだ》を舐《な》めてきれいにしてもらったり……。

ママはとってもやさしく面倒《めんどう》を見《み》てくれた。

ママがそばにいて、ぬくもりを感《かん》じるだけであたしは本当《ほんとう》にしあわせで……。
（ふふ。なんだかうれしくなっちゃう）
あたしはついウキウキしてしまって、尻尾《しっぽ》をフリフリ。
「あら、喜《よろこ》んでくれてるの」
もちろん！　ありがとう、お母《かあ》さん。
あたし、がんばって元気《げんき》になるからね。
そこへ、
「にゃ～」
と声《こえ》がして、ローズが部屋《へや》に入《はい》ってきた。
『なんだ、入院《にゅういん》したんじゃなかったのか？』
『ひど～い。そこまで悪《わる》くないもん。点滴《てんてき》したら元気《げんき》になったのよ、ほら』
あたしは尻尾《しっぽ》を振《ふ》ってみせる。
確《たし》かに、病院《びょういん》に行《い》く前《まえ》よりは元気《げんき》になったけど、本当《ほんとう》は病気《びょうき》にかかっていたの。

でも、今《いま》、それをローズには言《い》いたくない。

『ふーん、点滴《てんてき》ってヤツはすごいんだな』

『うん。ローズも夏《なつ》バテになったら打《う》ってもらいなさいよ』

『けっ、針《はり》を刺《さ》すのはごめんだぜ』

ローズはそう言《い》って、くるっと身《み》を翻《ひるがえ》して出《で》ていった。

「あらあら、ローズったら、もう行《い》っちゃうの？　お母《かあ》さんはこれからお買《か》い物《もの》に行《い》ってくるから、たんぽぽのそばにいてくれたら助《たす》かるんだけど」

お母《かあ》さんの声《こえ》が聞《き》こえているはずなのに、ローズは二階《にかい》へ上《あ》がってっちゃったみたい。

（少《すこ》しは安心《あんしん》してくれたかな）

あたしはそう思《おも》って目《め》を閉《と》じた。

家《いえ》に帰《かえ》ってきたら安心《あんしん》して、どっと疲《つか》れが出《で》たみたい。

その夜《よる》――。

ベッドで寝《ね》ていたあたしの耳《みみ》に、栄子《えいこ》ちゃんの声《こえ》が聞《き》こえてきた。

どうやら、仕事帰《しごとがえ》りの栄子《えいこ》ちゃんから電話《でんわ》がかかってきたみたい。

スマホから漏《も》れ聞《き》こえてくる栄子《えいこ》ちゃんの声《こえ》は少《すこ》しだけ緊迫《きんぱく》していて、いつもの明《あか》るさはない。

すると、お母《かあ》さんがスピーカーをオンにして、声《こえ》を聞《き》かせてくれた。

『たんぽぽ、ごめんね、すぐにそばにいけなくて。来週《らいしゅう》、帰《かえ》るからね。とにかく、安静《あんせい》にしててね』

うん、栄子《えいこ》ちゃん、うれしい。待《ま》ってるね。

栄子《えいこ》ちゃんに元気《げんき》にお返事《へんじ》したかったけど、あたしは「く〜ん」と鳴《な》くことしかできなかった。

あたしは日《ひ》に日《ひ》に衰弱《すいじゃく》していった。

目《め》が覚《さ》めている時間《じかん》より、うとうとしている時間《じかん》のほうが長《なが》くなっていく。

ローズはたまにお見舞《みま》いに下《お》りてきてくれた。
『……ふふっ』
あたしは元気《げんき》に笑《わら》おうとするのだけど、そんな小《ちい》さなことすらできなくなっていた。
こういうとき、ローズはやさしい言葉《ことば》をかけたりしない。
『おい、点滴《てんてき》ってヤツで元気《げんき》になったんじゃねーのかよ』
いつもの憎《にく》まれ口《ぐち》だけど、逆《ぎゃく》に励《はげ》ましてくれてるの、わかってるよ。
『あたし、もうすぐ死《し》ぬの……』
つい、ぽろっとこぼしてしまったら、
『馬鹿《ばか》なこと言《い》っているヒマがあるなら、食《く》って寝《ね》て治《なお》せ』
と言《い》われてしまった。
『……ふふっ』
『なに笑《わら》ってんだ。オレ、変《へん》なこと言《い》ったか？』
『ローズが心配《しんぱい》してくれるのが、うれしくて』

『馬鹿《ばか》なこと言《い》ってるヒマがあるなら――』

『……うん、安静《あんせい》にしてるね』

いっぱい寝《ね》たら、元気《げんき》になってるといいな。


気《き》がつくと、お母《かあ》さんが家《いえ》じゅうを歩《ある》きまわっていた。

外《そと》は雨《あめ》がしとしと降《ふ》っている。

どうしたんだろ、なにか探《さが》し物《もの》かしら？

「ごめんね、たんぽぽ。ローズ、知《し》らない？　二階《にかい》の部屋《へや》にいないし、どこにも姿《すがた》が見当《みあ》たらないのよ」

えっ……。

ぬいぐるみローズは、ここにある。くたびれた姿《すがた》だけど。

だから昔《むかし》のように、急《きゅう》にいなくなったぬいぐるみローズを探《さが》しに、どこかへ行《い》ってしまったわけじゃない。

お母《かあ》さんは心配《しんぱい》そうにきょろきょろと、いろんな部屋《へや》を見回《みまわ》って捜《さが》しているようだけれど、見《み》つからないみたい。

こんなに捜《さが》して見《み》つからないなんて……。心配《しんぱい》だわ。

と、そのとき、お母《かあ》さんのスマホに着信《ちゃくしん》があった。

「はいはい。ああ、栄子《えいこ》」

栄子《えいこ》ちゃんはあたしの様子《ようす》が気《き》になって、ちょくちょく電話《でんわ》してくるみたい。

「あ、今《いま》、ちょっと……手《て》が離《はな》せなくて。ええ、ローズが見当《みあ》たらなくて。どこに行《い》っちゃったんだか……」

お母《かあ》さんは、栄子《えいこ》ちゃんと話《はな》しながらも、家具《かぐ》の上《うえ》や隙間《すきま》にローズがいないか捜《さが》している。

「あー、それ、聞《き》いたことあるわ。猫《ねこ》は飼《か》い主《ぬし》に死《し》に様《ざま》を見《み》せないって……。縁起《えんぎ》でもないこと言《い》わないで。とにかく捜《さが》してみるわ！」

えっ……ローズが死《し》んじゃう……？
そんなの、嫌《いや》！

あたしは、ハッハッ、と息《いき》を漏《も》らしながら、つらい体《からだ》を押《お》して立《た》ち上《あ》がろうとした。
うまく力《ちから》が入《はい》らないけど、なんとか起《お》き上《あ》がる。
すると、急《きゅう》に体《からだ》が軽《かる》くなり、動《うご》けるようになった。
(なあんだ、まだ動《うご》けるじゃない、あたし)
うれしくなったあたしは開《ひら》いていた窓《まど》から外《そと》へ出《で》た。
久《ひさ》しぶりのお外《そと》は気持《きも》ちよくて、雨《あめ》も気《き》にならない。
あたしはずんずんと歩《ある》いていく。
庭《にわ》を抜《ぬ》け、家《いえ》の門扉《もんぴ》、そしていつものお散歩《さんぽ》コースの道路《どうろ》へ……。
きょろきょろとあたりを見回《みまわ》しながら、あたしはローズの姿《すがた》を必死《ひっし》に捜《さが》す。
だけれど、どこにもローズはいなくて……。

「わんわん！」

『ローズ、どこー？　返事《へんじ》をして！』

あたしはたくさん声《こえ》を出《だ》して、ローズの名前《なまえ》を呼《よ》んだ。

ローズが行《い》きそうな場所《ばしょ》はどこ？

ローズが好《す》きな場所《ばしょ》は？

頭《あたま》の中《なか》でローズが行《い》きそうな場所《ばしょ》を必死《ひっし》に考《かんが》えるけど、そもそもローズはお外《そと》に出《で》る猫《ねこ》じゃない。

だから、行《い》きそうな場所《ばしょ》なんてわからないわ。

(ああもう、どうしたらいいの？　とにかく捜《さが》さないと！)

町《まち》の中《なか》を走《はし》っていくと、いつのまにか、

『え？　ここは……？』

目《め》の前《まえ》に、たんぽぽがいちめんに咲《さ》き誇《ほこ》る野原《のはら》に出《で》た。

野原《のはら》の上《うえ》には青空《あおぞら》が広《ひろ》がっている。

「わんわん！」
『わあ、きれいな場所《ばしょ》……！　こんな場所《ばしょ》がこの町《まち》にあったのね！』
そのとき、野原《のはら》に一匹《いっぴき》の猫《ねこ》がいるのをあたしは見《み》つけた。
真《ま》っ白《しろ》な毛並《けな》みで、美《うつく》しい青《あお》い瞳《ひとみ》の……。
『ローズ！　そこにいたのね！』
あたしは涙目《なみだめ》になってローズにかけ寄《よ》った。
『もう、心配《しんぱい》したじゃない！　どうしてこんなところにいるのよ！』
『馬鹿《ばか》、大《おお》きな声《こえ》で呼《よ》ぶんじゃねーよ。恥《は》ずかしいな』
ローズはぷいっとそっぽを向《む》いたけど、
『恥《は》ずかしいって言《い》っても、あたしたち以外《いがい》、誰《だれ》もいないじゃない』
そうよ、この野原《のはら》には、あたしたちふたりだけじゃないの。
『誰《だれ》かいるとかいないとか、そういう問題《もんだい》じゃねーよ。マナーの問題《もんだい》だ』
『えー』

うえ～ん。ローズの意地悪《いじわる》！　こんなに必死《ひっし》に捜《さが》したのに……。

『でも、まあいいわ。ローズが見《み》つかったから。さあ、帰《かえ》りましょう。お母《かあ》さんすごく心《しん》配《ぱい》しているわよ』

『そうか……。でも、もう少《すこ》しだけ』

そう言《い》って、ローズは野原《のはら》を見回《みまわ》した。

『こんなに美《うつく》しくて、おだやかな場所《ばしょ》は初《はじ》めてだ……』

『あたしも』

あたしとローズはしばらく、たんぽぽが咲《さ》き乱《みだ》れる野原《のはら》の真《ま》ん中《なか》にたたずんでいた。

どれくらいそうしていただろう。

ふとローズを盗《ぬす》み見《み》ると、ローズがきりっとした表情《ひょうじょう》でまっすぐ前《まえ》を見《み》ていて……。

（すてき……）

胸《むね》の奥《おく》がきゅんとして、思《おも》わずにへらっと顔《かお》が緩《ゆる》んでしまう。

『な、なんだよ、ひとのことじっと見《み》て』

『ローズってやっぱりすてきだなって、思《おも》って』

『ほめてもなんにも出《で》ないぞ』

『ふふっ、なんにもいらないもん。ローズがそばにいるだけで、あたし、しあわせだから』

『おまえは簡単《かんたん》にしあわせになれるんだな』

『そうだよ、子《こ》どもの頃《ころ》から変《か》わってないよ』

威張《いば》ることではないけれど、あたしは「ふふん」と胸《むね》を張《は》った。

『ふふっ、見《み》てよ、ローズ。たんぽぽもきれいでしょ？　薔薇《ばら》の豪華《ごうか》さには負《ま》けるかもしれないけど、おひさまみたいで、見《み》ていると元気《げんき》出《で》るでしょ』

『まあ、そうだな』

『……もうっ、素直《すなお》じゃないんだから』

『ふん』

ローズは照《て》れたようにぷいっと顔《かお》をそらした。

そんなローズが愛《いと》おしくて、あたしは思《おも》わず笑顔《えがお》がこぼれてしまう。

『ふふっ、しあわせ……』
ローズとこんなふうにおだやかな時間《じかん》が過《す》ごせるなんて、うれしすぎる。
お母《かあ》さんには悪《わる》いけど、もう少《すこ》しこのまま……。
このまま……。
あ、あれ？
なんだか、急《きゅう》に周《まわ》りがぼやけてきて……。
「――！」
気《き》がつくと、あたしは野原《のはら》ではなく、いつもの部屋《へや》にいた。
(え……今《いま》の、夢《ゆめ》だったの？)
妙《みょう》にリアルな夢《ゆめ》だった。
だって、花《はな》の香《かお》りもしっかりしていたし……。
『あれ？』
目《め》の前《まえ》には、一輪《いちりん》のたんぽぽ。

（まさか、また……）

そう思《おも》っていると、そばにローズがいてくれて――。

『大丈夫《だいじょうぶ》か？』

『このたんぽぽ、取《と》ってきてくれたの？』

『ま、まあな……』

そうつぶやいて、ローズはなぜかしかめっ面《つら》になった。照《て》れ隠《かく》しとは違《ちが》う感《かん》じがする。

『……ローズ？　どこか痛《いた》いの？』

『へ……？　いや、別《べつ》に。ちょっと息《いき》が切《き》れただけだ』

そう？　なら、いいけど――。

普段《ふだん》、口《くち》には出《だ》さないけど、ローズのほうがお兄《にい》ちゃんだもんね。

見《み》た目《め》があまり変《か》わらないから、なかなか実感《じっかん》が湧《わ》かないけど、体《からだ》は確実《かくじつ》に歳《とし》を取《と》っているのよね……。

『今《いま》、夢《ゆめ》の中《なか》でローズと野原《のはら》にいたの。きっと、このたんぽぽの香《かお》りがしていたからそんな夢《ゆめ》を見《み》たのね。とってもきれいな景色《けしき》だったのよ』

『ふーん。それはよかったな』

『あ、そうだ。お母《かあ》さん、すっごく心配《しんぱい》してたよ』

『それは……悪《わる》かったな。庭《にわ》のたんぽぽよりきれいに咲《さ》いているのがほしくて、ちょっとだけ外《そと》に出《で》たつもりだったんだけどな』

ローズはそう言《い》って、前足《まえあし》の毛《け》づくろいをした。

『お外《そと》、苦手《にがて》なのに、ありがとうね』

あたしがお礼《れい》を言《い》うと、ローズはぷいっと横《よこ》を向《む》いて、こう言《い》った。

『……オレより先《さき》に逝《い》くなんて許《ゆる》さないからな』

『え……？』

『おまえのほうがオレよりあとに生《う》まれたんだろ？　だったら、なんだ……あっ、年功序《ねんこうじょ》列《れっ》ってヤツを守《まも》ってだなあ』
ねんこーじょれつ、の意味《いみ》はよくわからないけど、うれしいよ、ローズ。
そう言《い》ってくれて……とってもうれしい。
自然《しぜん》と笑顔《えがお》がこぼれたとき、窓《まど》の外《そと》が明《あか》るくなった。
雨《あめ》が止《や》んだのね。
窓《まど》から空《そら》を見上《みあ》げると、夢《ゆめ》の中《なか》で見《み》たような青空《あおぞら》が広《ひろ》がっていた。
『わあ、晴《は》れたね』
『ああ……。あ、おいあれ見《み》てみろ』
『え？』
ローズが鼻先《はなさき》でさした先《さき》に、うっすらと虹《にじ》が出《で》ていた。
わ――っ、虹《にじ》なんて久《ひさ》しぶりに見《み》た。
『すごい、きれい……。こんなにきれいな虹《にじ》、見《み》たことないわ』
そういえば、前《まえ》に聞《き》いたことがある。

亡《な》くなった犬《いぬ》や猫《ねこ》は、虹《にじ》の橋《はし》をわたって天国《てんごく》へ行《い》くんだって。
これが、その虹《にじ》なのかもしれない。
『ねえ、この虹《にじ》って……天国《てんごく》への虹《にじ》かな』
『なに言《い》ってんだ？』
『だって……』
お空《そら》が晴《は》れて虹《にじ》が出《で》た瞬間《しゅんかん》から体《からだ》が軽《かる》いんだもの。
それに足《あし》や背中《せなか》の痛《いた》みも、すうっと消《き》えている。
晴《は》れやかでしあわせに満《み》ちあふれているような心地《ここち》がする。
そう、なにもかも全部《ぜんぶ》の不安《ふあん》から解《と》き放《はな》たれたような、そんな気持《きも》ちなの。
『行《い》かなきゃ……虹《にじ》が消《き》えちゃう前《まえ》に』
『なに縁起《えんぎ》でもないことを言《い》ってるんだ！　逝《い》くな、たんぽぽ』
『……ふふっ、やっと名前《なまえ》を呼《よ》んでくれた』
『なんだよ、今《いま》、そんなことで喜《よろこ》んでる場合《ばあい》じゃ……』

『最高《さいこう》にうれしい……ありがと、ローズ……』

あたしはそうっと目《め》を閉《と》じた。

あたしの名前《なまえ》を呼《よ》ぶローズの声《こえ》がするけれど……。

それがどんどん遠《とお》くなっていって、やがて完全《かんぜん》に耳《みみ》に届《とど》かなくなった。

4．虹《にじ》の橋《はし》をわたって

ふと気《き》がつくと、あたしは光《ひかり》に包《つつ》まれた世界《せかい》にいた。

足元《あしもと》は春《はる》の野原《のはら》みたいにさまざまなお花《はな》が咲《さ》き乱《みだ》れていて、どこまでも美《うつく》しい花畑《はなばたけ》が続《つづ》いている。

(夢《ゆめ》の続《つづ》き？　いや、違《ちが》う。さっきはたんぽぽだったし……)

きょろきょろとあたりを見《み》まわすと、あるものが目《め》に飛《と》び込《こ》んできた。

それは虹《にじ》の橋《はし》だった。

大《おお》きくて美《うつく》しい虹《にじ》の橋《はし》が空《そら》に向《む》かって伸《の》びている。

（なんて美《うつく》しいんだろう。それに……）

橋《はし》には大勢《おおぜい》のワンちゃんやネコちゃん、そして鳥《とり》さんやお馬《うま》さんなどたくさんの動物《どうぶつ》たちがいておだやかな顔《かお》で歩《ある》いている。

（みんな、みんなしあわせそう……ああ、そうか。あたしも、あそこに行《い》けばいいのね。あそこに行《い》けば……）

そう思《おも》って、あたしは歩《ある》き出《だ》そうとしたのだけれど、

『あれ？』

足《あし》が動《うご》かない。まるで地面《じめん》に吸《す》いついているみたいにまったく動《うご》いてくれない。

『どうして？　なんで動《うご》かないの？』

——オレより先《さき》に逝《い》くなんて許《ゆる》さないからな。

『え？』

ローズの声《こえ》が頭《あたま》の奥《おく》で響《ひび》いて、あたしはハッとした。

『この声《こえ》は……ローズ？　そうか、ローズとの約束《やくそく》……』

それで、あたしの足《あし》は動《うご》こうとしないのか。

『あれ？　おねえちゃん、どうしたの。ひとりで行《い》くのが怖《こわ》い？　なら、あたしと一緒《いっしょ》に行《い》きましょう』

あたしより体《からだ》が小《ちい》さい、柴犬《しばいぬ》の女《おんな》の子《こ》が親切《しんせつ》に話《はな》しかけてくれた。

『あ、えっと……』

柴犬《しばいぬ》は『大丈夫《だいじょうぶ》、心配《しんぱい》いらないよ。さあ、あっちあっち』と、やさしくエスコートしてくれるけれど、あたしの足《あし》は動《うご》かなくて。

『どうしたの？　なにか不安《ふあん》？』

『い、いえ、そんなんじゃなくて……』

『まさか、誰《だれ》かと待《ま》ち合《あ》わせでもしてるの？』

待《ま》ち合《あ》わせ……？

『あ、いえ、そういうわけじゃないんだけど……』

ローズの言葉《ことば》に反《はん》して、先《さき》に死《し》んでしまったらしいあたしの意地《いじ》？　なのかな……。

行《い》こうと思《おも》うのに、なぜか体《からだ》が動《うご》かないの。

『仲良《なかよ》しの子《こ》にね、先《さき》に死《し》んじゃだめだって言《い》われたのに死《し》んじゃったから、どうしたらいいのかなって……』

あのときのローズを思《おも》い出《だ》すと、ちょっと胸《むね》がきゅんとする。

こんなときでもあたし、ローズのことを思《おも》い出《だ》すだけで簡単《かんたん》にしあわせな気持《きも》ちになれるんだね、ふふっ。

『ふーん……でも、あんまり長《なが》いこと、ここにいると天国《てんごく》に行《い》けなくなるって噂《うわさ》だよ？』

『ええっ、なんで？』

『どうしてかなんて知《し》らない。それじゃ、あたしは先《さき》に行《い》こうかな～。じゃあね』

柴犬《しばいぬ》は足取《あしど》り軽《かる》く橋《はし》に向《む》かうと、橋《はし》のたもとからポンッと飛《と》び乗《の》っていってしまった。

あたしはそれを見送《みおく》り、ひとり不安《ふあん》な気持《きも》ちになる。

(天国《てんごく》へ行《い》けなくなったら、あたしは永遠《えいえん》にここをさまようの……？)

それもいいかもしれない。

だって、ここ、とっても綺麗《きれい》なんだもん。

でも、虹《にじ》の橋《はし》をわたっていく動物《どうぶつ》たちを見《み》ていると、あたしも行《い》かなきゃいけないんだっていうのはわかる。

『動《うご》け、あたしの足《あし》！』

と、そのとき。

『おい、君《きみ》！　そこでなにもたもたしてるんだい？』

あたしはまた別《べつ》の犬《いぬ》に話《はな》しかけられた。

今度《こんど》はあたしより体《からだ》が大《おお》きい、ハスキー犬《けん》のおじさんだ。

『君《きみ》、なにぐずぐずしてるんだ。生《う》まれ変《か》わりたかったら、早《はや》く！』

『えっ、生《う》まれ変《か》われるの？　なんで？』

『なんでかなんてボクは知《し》らないよ。早《はや》く早《はや》く。この橋《はし》をわたらないとダメなんだから』

『でも、なぜか足《あし》が動《うご》かないんです……』

『じゃあ、押《お》してあげるよ』

ハスキー犬《けん》のおじさんは、あたしのお尻《しり》を押《お》してぐいぐい進《すす》んだ。

きゃー、なんか恥《は》ずかしい！

『やめて～～～！』

あたしがじたばたすると、おじさんは、

『なんだよ、親切《しんせつ》にしてやったのに』

と不機嫌《ふきげん》につぶやいて、ぷいっと顔《かお》をそらして行《い》ってしまった。

うー……。

親切《しんせつ》にしてくれたことには感謝《かんしゃ》するけど、乙女《おとめ》のお尻《しり》をおじさんが押《お》すってどうなの？

……って、乙女《おとめ》ってほど、あたし若《わか》くなかったわ。てへっ。
（あれ？　いつのまにか足《あし》が動《うご》くようになってる……？）
さっきまで動《うご》かなかったの、なんでかしら。
さあ、虹《にじ》の橋《はし》をわたらなきゃ！
足取《あしど》りも軽《かる》く虹《にじ》の橋《はし》のたもとへ着《つ》くと、あたしは一度《いちど》、野原《のはら》を振《ふ》り返《かえ》った。
『ローズーっ！　ごめんね、先《さき》へ逝《い》くわね！　ローズーっ、元気《げんき》でね――っ！』
ローズはいつもの出窓《でまど》で寝《ね》ているかもしれない。
その様子《ようす》を想像《そうぞう》しながら、あたしなりにローズにお別《わか》れを言《い》っていると、
『恥《は》ずかしいだろ。大声《おおごえ》で呼《よ》ぶな』
と声《こえ》が聞《き》こえた。
『え……』

『ってか、なんでおまえ、まだこんなところにいるんだ？　とっくに橋《はし》の向《む》こうに行《い》ってるはずだろ？』

信《しん》じられないことに、目《め》の前《まえ》にローズがいた。

ツンと胸《むね》を張《は》って、あたしを見《み》ている。

『ローズ？　なんで？　どうして？』

『言《い》っとくけど、おまえのあとを追《お》ったわけじゃないからな？』

『え……だから、どういうこと？』

『実《じつ》は、オレ様《さま》も病気《びょうき》だったんだ。前《まえ》からときどき胸《むね》が痛《いた》くなってさ。歳《とし》のせいだろうと思《おも》ってたんだが……』

『それって、心臓《しんぞう》が悪《わる》かった……ってこと？』

言《い》いながら、あたしは思《おも》い出《だ》していた。

あたしにお見舞《みま》いのたんぽぽを摘《つ》んできてくれたローズが、照《て》れ隠《かく》しとは違《ちが》う、しかめっ面《つら》をしていたことを。

あのとき、心臓《しんぞう》が痛《いた》かったのね。

病気《びょうき》だったなんて、ちっとも気《き》づかなかった。

そんな体《からだ》だったのに、あたしのために……あのときはありがとう。

『まさか、お外《そと》で死《し》んだりは……』

『してねーよ。栄子《えいこ》のベッドで眠《ねむ》って、そのまま』

そっか、よかった。

それなら、お母《かあ》さんたちもローズとちゃんとお別《わか》れできたのね。

『あたしとローズが立《た》て続《つづ》けに死《し》んじゃって、お母《かあ》さんたち大丈夫《だいじょうぶ》かしら……』

『心配《しんぱい》してもオレたちが生《い》き返《かえ》るわけじゃないし、あんまり考《かんが》えるな。それに、栄子《えいこ》が来《らい》週《しゅう》、来《く》るって言《い》ってたから、栄子《えいこ》にまかせよう』

『……う、うん』

栄子《えいこ》ちゃん、ごめんね。

栄子《えいこ》ちゃんが帰《かえ》ってくる前《まえ》に死《し》んじゃってごめんね。

あたしの目《め》から涙《なみだ》があふれ出《だ》す。

できることなら、ちゃんとさよならを言《い》いたかった。

もうちょっとだけ、生《い》きることができればよかったな。

栄子《えいこ》ちゃんはやさしいから、仕事《しごと》なんか放《ほう》りだしてすぐに帰《かえ》ってくればよかったと、後《こう》悔《かい》して自分《じぶん》を責《せ》めるかもしれない。そう思《おも》うと、あたしも悲《かな》しくなってくる。

そんなあたしの肩《かた》に、ローズがぽんと前足《まえあし》を置《お》いた。

『泣《な》くな、馬鹿《ばか》』

『う、うん……』

ローズに励《はげ》まされて、あたしは気《き》を取《と》り直《なお》す。

『えへへ……』

『なに笑《わら》ってんだ、気持《きも》ち悪《わり》ィな』

わ、いつもの憎《にく》まれ口《ぐち》がこんなにうれしいなんて。

あたし、どれだけローズのことが好《す》きなのよ。

前足《まえあし》で涙《なみだ》を拭《ぬぐ》って、あたしは微笑《ほほえ》んだ。
『ふふっ、大好《だいす》きよ、ローズ。一緒《いっしょ》に行《い》けてうれしい』
『おう……オレ様《さま》に見《み》とれて足《あし》を踏《ふ》み外《はず》すんじゃねーぞ』
『うん！』
『だから、前《まえ》、見《み》ろって』
あたしはローズと一緒《いっしょ》に仲良《なかよ》く虹《にじ》の橋《はし》をわたりはじめた。
そうしたらね。
虹《にじ》の向《む》こうには、とってもとってもきれいな大《おお》きな大《おお》きな空《そら》が広《ひろ》がっていたの——！

たんぽぽが逝《い》って、そのすぐあとにローズが亡《な》くなって……一年後《いちねんご》。

栄子《えいこ》ちゃんは小走《こばし》りになって、社員寮《しゃいんりょう》から、最寄《もよ》り駅《えき》へ出《で》るバス停《てい》へと向《む》かっていました。

今日《きょう》もこれから地方《ちほう》に出張《しゅっちょう》して、イベントの進行《しんこう》をするのです。

すると、朝《あさ》のお散歩《さんぽ》がてら幼稚園《ようちえん》へ送《おく》り届《とど》けるのか、お母《かあ》さんと小《ちい》さな女《おんな》の子《こ》が白《しろ》い犬《いぬ》を散歩《さんぽ》させているのを見《み》かけました。

（チワワかな？　かわいいー）

犬好《いぬず》きの血《ち》が騒《さわ》ぐというか、急《いそ》いでいるにもかかわらず、栄子《えいこ》ちゃんはつい声《こえ》をかけてしまいました。

「おはようございます、ワンちゃん、かわいいですねー」

「ふふっ、ありがとうございます。あ、ほら、お姉《ねえ》ちゃんに行《い》ってらっしゃいって」

「行《い》ってらっしゃーい」

「はーい、行《い》ってきまーす」

女《おんな》の子《こ》がかわいらしい小《ちい》さな手《て》を振《ふ》ってくれたので、栄子《えいこ》ちゃんも手《て》を振《ふ》ってバス停《てい》へと急《いそ》ぎました。

「よかった……間《ま》に合《あ》った！」

バスを待《ま》つ列《れつ》のいちばん後《うし》ろに着《つ》き、栄子《えいこ》ちゃんは「ふー」と息《いき》をつきます。

そして、ハンカチを出《だ》して汗《あせ》を拭《ふ》きながら、ふと思《おも》いました。

（なんでだろ、全然違《ぜんぜんちが》う犬《いぬ》なのに……たんぽぽのことを思《おも》い出《だ》しちゃったよ）

たんぽぽのことを思《おも》い出《だ》すと、自然《しぜん》にローズのことも思《おも》い出《だ》します。

たんぽぽはローズに会《あ》いによく二階《にかい》へ上《あ》がってきましたし、ローズもたまに気《き》が向《む》くと一階《いっかい》に下《お》りて、ひなたぼっこをしているローズの横《よこ》で丸《まる》くなったりしていました。

（あのふたり、本当《ほんとう》に仲良《なかよ》かったからなあ……。でも、立《た》て続《つづ》けに逝《い》っちゃうなんて思《おも》ってもみなかったよ。もっと会《あ》いに行《い》けばよかった……今更《いまさら》、後悔《こうかい》しても遅《おそ》いけど——）

ふいに涙《なみだ》が込《こ》み上《あ》げてきて、栄子《えいこ》ちゃんはうつむきました。

すると、バス停《てい》のそばの街路樹《がいろじゅ》の下《した》に、黄色《きいろ》い花《はな》が咲《さ》いているのが見《み》えました。

たんぽぽです。

朝《あさ》の太陽《たいよう》に向《む》かって、元気《げんき》よく花《はな》を開《ひら》いています。

（あれ？　あんなところに……昨日《きのう》、咲《さ》いてたっけ？　今日《きょう》まで気《き》づかなかったな……。あ、そうだ、たんぽぽは気《き》がつくと元気《げんき》に明《あか》るく咲《さ》いている。だから、私《わたし》たちを〝明《あか》るく照《て》らしてくれる存在《そんざい》〟でありますように、って意味《いみ》で名《な》づけたんだよね……）

誇《ほこ》らしげに咲《さ》いているたんぽぽを見《み》ていると、なんだか天国《てんごく》から、

「あたしとローズは一緒《いっしょ》にいるから安心《あんしん》して。がんばってね、栄子《えいこ》ちゃん」

と、たんぽぽが応援《おうえん》してくれているように、栄子《えいこ》ちゃんは思《おも》ったのでした。

Shogakukan Junior Bunko

★小学館ジュニア文庫★

天国の犬ものがたり〜ゆめのつづき〜

2024年10月２日　初版第１刷発行

著者／藤咲あゆな
原作／堀田敦子
イラスト／環方このみ

発行人／井上拓生
編集人／今村愛子

発行所／株式会社　小学館
〒101-8001　東京都千代田区一ツ橋２−３−１
電話／編集　03-3230-5105
販売　03-5281-3555

印刷・製本／加藤製版印刷株式会社

デザイン／水木麻子

★本書の無断での複写（コピー）、上演、放送等の二次利用、翻案等は、著作権法上の例外を除き禁じられています。本書の電子データ化などの無断複製は著作権法上の例外を除き禁じられています。代行業者等の第三者による本書の電子的複製も認められておりません。
★造本には十分注意しておりますが、印刷、製本など製造上の不備がございましたら、「制作局コールセンター」（フリーダイヤル0120-336-340）にご連絡ください。
（電話受付は土・日・祝休日を除く9:30〜17:30）

©Ayuna Fujisaki 2024　©Atsuko Hotta 2024
Printed in Japan　　ISBN　978-4-09-231494-8